LIVE MENU-DAYS

2

東城 弥恵

ほおずき書籍

オペラ

『魔笛』パミーナ役

『魔笛』パミーナ役

『伯爵令嬢マリッツァ』マリッツァ役

『伯爵令嬢マリッツァ』マリッツァ役

『メリー・ウィドウ』ハンナ役

『トスカ』トスカ役

『トスカ』トスカ役

『静と義経』（北条）政子役

2019年日本オペラ協会創立60周年記念公演「静と義経」
© 公益財団法人日本オペラ振興会

(公社) 日本演奏連盟創立50周年記念事業「黒塚」

2017年日本オペラ協会公演「ミスター・シンデレラ」
© 公益財団法人日本オペラ振興会

コンサートにて

東京藝術大学音楽学部同声会埼玉支部スペシャル・ガラコンサート

東京藝術大学音楽学部同声会埼玉支部スペシャル・ガラコンサート

聴きにいらしてくださったドナルド・キーンさんと

2017お正月（ニューイヤーコンサート）

2018都民芸術フェスティバル
「日本人の愛のかたち〜」楽屋フォト

楽屋フォト

楽屋フォト（第九ソリスト）

第九ソプラノソロ

二期会オータムコンサート

第九ソプラノソロ

オペラ・ガラ・コンサート

レッスン後

三林輝夫先生と

アルダ・ノニ先生と

その他活動

講演会

演奏旅行(イタリア)にて

アマルフィ

スカラ座

ジェノヴァ

ローマ（母と）

ヴェネツィア

ルッカ　プッチーニの行きつけのカフェ

♪ プライベートフォト

「東日本医科学生総合体育大会」出場の
息子の応援に山形へ。母と

終演後

お客様と

Collage ～記憶の断片

　「私の1曲」はどれなのだろう。思い入れのある曲は様々な場面で聴いたり歌ったりした中にたくさんある。どれも捨て難くいざ「1曲」となると選択は難行。そこで「究極の状況にまつわるものはどうか？」自分に問うてみた。まず思い当たったのは友人達と夕食中「自分のお葬式に流してもらいたい好きな曲」の話題になった時。それまで考えてもみなかったが「やえちゃんは？」と聞かれ咄嗟に「う～ん、私はモーツァルトのクラリネット協奏曲イ長調K.622第2楽章かラフマニノフのピアノ協奏曲第2番第2楽章かなあ」と答えていた。

　では「死」ではなく「生」においてはどうか？　ここで甦る記憶は臨月に実家のレコード部屋でモーツァルトの交響曲40番を聴いていた時。第4楽章ラストで息子はお腹をググググと蹴ってきた。何度聴いても同じ箇所でのみ起こるこの反応に家族皆で興奮した。だからこれも特別な曲。

　……ここにきて思い出したのは、今も、すぐ聴けるようキッチンにディスク棚から持ち込んであるCDたち。そのラック中のある曲が朧げに頭に浮かんできた。早速キッチンへ急行、確認するとその曲は演奏家違いで6枚あった。ブラームス作曲ヴァイオリンソナタ第1番ト長調作品78「雨の歌」。最も心近い感覚に改めて気づく。特別なものが普段の暮らしに存在していたことに軽く驚きながら「私の1曲」はこれに決定した。私にとってこの曲が絶対的なのは、聴いていると実に多くの記憶の映像が胸に浮かぶからである。小学生の時通っていた厳しくてロマンチストだったおばあさまのピアノの先生、（それよりもずっと子供の頃）お気に入りだった赤い長靴、（時を進め……）街灯映すアスファルトの凹みのささやかな水たまり＆遠い恋のコトバ……。最も「聴くことで想いを心に見せ、見ることで心に鳴る1曲」である。中でも次に挙げる手持ちの3録音はヘビロテ。

●　コ ラ ム　●

1）G. ヘッツェル＆H. ドイチュ（1992）
……どんな疲れも自然に受け容れてくれる。
2）G. デ・ヴィート＆E. フィッシャー（1954）
…… 1楽章はフィッシャーに遠慮しつつ2楽
章はフィッシャーの響きも内包する母性を発
揮（この人のフランクのソナタイ長調などは
女流ならではで素敵。キッチン棚常連）、3
楽章はフィッシャーも楽しんで謎かけし、最
高のかけ合いで魅せてくれる。3）A. ブッ
シュ＆R．ゼルキン（1931）……強音音割
れ関係なし。SP 復刻盤だがノイズをやたら
切っていないことで音が搾られておらず温
存。ブッシュの音色は相変わらず飾らず深く

……。こんな枯れた湿り気は欲しい時が無性にある。洒落たコンクリート・
モダンハウスもいいが肌も心も乾かない最大限呼吸する木の家に住みたい、
みたいな。

　そういえば好きな映画「Poulet aux prunes」（チキンとプラム）で、あ
る映画評論家が「音は見るためにあり見ることは聴くことである」と主人公
の姿に重ねて述べていた。この映画のワンシーン（写真）のようにごく近く
で親しく、Sigh……掬うヴァイオリンでこの曲を聴いてみたいと思う……。
　私にとって、五感を自由に行き交う大切な記憶の断片に心を解き放ってく
れるこの曲が、今度は未来のコラージュをどう創ってくれるかも気になると
ころである。

　　　特定非営利活動法人（NPO 法人）日本声楽家協会
　　　会報『日本の声　日本の音』2014年10月号－11月号　Vol.20 No.4

「舞台裏話〜こんなことがあった！」

　これは二十年程前のお話になりますが、出演したオペラ『ラ・トラヴィアータ』（『椿姫』）公演中のラストシーンでのことです。主人公のヴィオレッタは戻ってきた恋人アルフレードの前で天に召されるのですが、演唱していた私は本番、幸せの中で亡くなっていく主人公の気持ちになり過ぎて気合いが入り、倒れる場所が数十センチ前寄りでした！　「あっ！しまった!!」と思っても既に遅し……。このままではこの後すぐ幕が降りてきても私の膝下だけ幕から出てお客様の注目の的……。かといって、もう亡くなっているはずなので体勢を変えられるわけもなく、死ぬ演技をしながら私は本当に顔色が青くなっていたと思います。すると恋人役のアルフレードが気を利かせてくださり「オオオ…（泣）」という感じで悲しみのあまりヴィオレッタを強く抱き寄せる演技でもって、舞台の後ろに引っ張ってくださいました。……井ノ上了吏さん、あの時は本当にありがとうございました。

　また、ある時は物凄い緊張感のある「早替え」も体験しました。裏話も裏話、まさに実際の舞台裏で起こっていたお話です。舞台二階で入浴しながらアリアを歌うシーンの後、真っ暗闇の中、一直線の急階段を降り、全力疾走で必死に舞台裏を上手から下手に走り抜き、用意された入浴後の支度を整えスリッパを履き何食わぬ顔で何小節か後にはリビングルーム設定の舞台上に登場するという超早替え……。こんな時、ありがたいことに一人で戦っているのではなく、いつも心強い味方の、スタッフさん方が大勢ついていて助けてくださっています。ですので安心して頑張れるのです。まず、暗闇で私が怪我しないよう階下にいて手を繋ぎ階段を降りる私を助けてくれたスタッフがいます。そのありがたい手とは、無事降り切ると固い握手をしていました。「怪我をしないでよかった！」という愛情溢れるお気持ちが手から伝わってきて私は更にやる気アップ！それを糧に今度は全力で下手舞台袖へ走

り始めます。大勢のスタッフさんが今か今かと待ってくれている下手に到着すると、ここからは数秒単位の、スタッフさん同士の絶妙なタイミングのリレー。衣装さんがベビードール上下→バスローブを着せてくださったと思ったら即ヘアメイクさんの手が伸びてきてバスローブで隠れた髪の毛を肩の上に出してくださり、それが終わるか終わらないかのタイミングでスリッパを履かせてくださる方が私の足を確実にスリッパへと押し込んでくださいました。これらをしていただきながら、私は次にすぐ歌い始めるための呼吸を整えることに集中。おかげさまでG.Pも本番もうまくいきました。全くもって舞台裏手のスタッフさん方のおかげです！ そうそう、この入浴シーンの前はチャイナドレスを着ているシーンだったので、この時もまた、舞台袖での「絶妙リレー技」のお世話になり着替えました。私のチャイナドレスのチャックを下げる係の方が任務を終えると邪魔にならないようにサッと横に移動。次に私のイヤリングを素早く左右同時に落とさないようにバッと一気に取り去る方の登場。そして脱いだ衣装を持ち去ってくださる方、続いて私の靴を脱がせて持ち去ってくださる方が、暗い舞台袖で物が下に落ちて踏んだりして怪我しないように、即、楽屋に運んでくださいました。そう……、こうした、何人もの方による無駄のない、愛情のこもった手際の良い技には、今、思い出しても涙が出てきそうです。その節は大変お世話になり、ありがとうございました。

『ミスター・シンデレラ』東城弥恵　キャストコメント

東城弥恵より★

―「赤毛の女」の注目ポイントを教えてください！

『赤毛の女はこのオペラで主人公の男性が間違って飲んだ女王蜂フェロモンエキスにより潮の満ち引きで女性に変身する、その役です。

潮ですから段々に満ち引きするため、半分男性のまま舞台に出て来たり、両性具有の場面も。

ですから衣裳も、白衣、男性用スーツ、男性用ポロシャツ、黒タキシード、チャイナドレス、レオタード、バスローブ、ベビードールなど沢山着替えがあります。

変身により夫婦愛に気づいたり、またある人は真実の愛を得られる人生を送る決心をしたり、ハッピーエンドになります。

「変身」が最も大切なものに気づかせてくれるのです。

もう一つ「赤毛の女」が面白いのは、自身、恋もして途中から自分も肉体を得てもう一人の自分である正男を亡き者にしようと企み始めるところだと思います。

皆様、いろんな顔で登場するこの「赤毛の女」も応援しに劇場にお運びくださいませ。

よろしくお願い致します。』

―今回の公演にかける想いをお願い致します！

『日本演奏連盟創立50周年記念オペラ「黒塚」で私は変身する主人公を演らせていただきました。

その際、日本オペラ協会が制作協力で入っていてお世話になったのがきっかけで、入会しました。

今回は会員となって初めての日本オペラ協会公演出演です。

とても嬉しく、光栄です。

今回も主人公が変身する女性を演じます。

「黒塚」もそうですが、振り返ると今までも変身する役、私は好きで大変やりがいを感じていました。

今回の赤毛の女役に出会えたことも、とても幸せです。

精一杯この物語のなかでの自分の役割に没頭し、皆で作品を盛り上げられるよう頑張りたいと思います。』

ミスター・シンデレラ公式キャラクター「これ飲んで！赤毛の正男」

「お客様と両想いのバレンタイン・コンサートに…」

～二期会サロンコンサート Vol.179
バレンタイン・愛・ラ・カルト（2/5）出演者メッセージ

愛、聴くに歌うにいい季節となりました。外は寒くてもここだけは熱い。表参道からコンサート会場まで上がってきてさえくだされば、そこでは……ファム・フラジル＆ファム・ファタルたちと逢え、愛の芽生えも終わりも目撃、象徴表現に遊べたと思ったらリアリズムの渦中に巻き込まれ、時にはままならぬ嫉妬にまで圧倒され……といった今宵限定、愛の世界がお待ちしております。

コンサート幕開き、３人それぞれが歌曲の小宇宙（内薗がドイツ歌曲、大澤がイタリア歌曲、東城がフランス歌曲）により愛の様相、表現します。

そして同じ寒い季節、1830年頃のパリの冬が舞台となった『ラ・ボエーム』第１幕の出会いから愛の芽生えの場が続き、お飲み物を召し上がっていただく休憩を挟み、今度は「カヴァレリア・ルスティカーナ」のストームに激しく翻弄されてください。自分で体験せずとも愛の苦しみも体感、ここまでくればきっと恋愛マイスターの域に到達なさることでしょう。

この他、人気があるオペラ・アリアの数々もお楽しみいただきます。

皆様、二期会サロンコンサート vol.179、是非お運びくださいませ。お待ち致しております。

一期一会、このコンサート「バレンタイン・愛・ラ・カルト」がいらしてくださった皆様と両想いになれれば……最高です！

ソプラノ　東城弥恵

フレキシブル

今年も今日を残すのみとなりました。重みを感じますね。先日終わった引越（といっても隣に出来た新居に入れる荷物を運んだだけですが）の際、大整理をしていて様々なタイプのパズルがたくさん出てきました。息子の立体パズル消しゴムのピースが何種類かでてきたのですが、母が細かいところを消す角消しと勘違いし数独を解く時に使ってしまっていて形が崩れ、パズルとして使いものにはならなくなってしまいました。パズルを解くためにパズルが解けなくなってしまったのです（笑）。

同じくその整理ででてきた、形も色も多様なオリジナル・アートが自由に作れるマグネットピース（一つ一つは○、△、□3種類のシンプルな型）のパズルのように、基はシンプルにしつつ、いつも内面をしなやかに保ちフレキシブルな自分でありたいと思いました。たまには細かいピースをチェックすることも忘れずに……。一つ角が取れたり色が褪せたりしていたら惜しいですから、なるべく、出来る限り……（笑）。

皆様、今年もDAYSにいらしてくださり本当にありがとうございました。どうぞよいお年をお迎えください m(＿)m。来年もよろしくお願い致します。

2010/12/31（金）

1

少女時計

小学生の私がバスに乗りピアノのレッスンに通っていた
時、腕にしていた時計です。遠くまで通ったので母が用
意してくれたのだと思います。捨てられず、まだこうし
てとってあります。汗をかいても丈夫、手首をしならせ
ても痛くないバンドを触っていると、「桜貝やキラキラ光
るビーズや星の砂が入った小瓶が宝物だった頃の私……」
「ピコという名の小鳥を飼っていた頃の私……」「友達と綺麗なレースの切
れ端を小箱にそっと集めていた頃の私……」……等、当時の私が次々に鮮
やかな映像となって胸に浮かんでまいりました。この時計には少女の頃の
私をしっかり知られているのです。なんだかちょっぴり恥ずかしい……。
こうしているとこの年齢になって2000年を10年過ごし過去にしたこと自体、
信じられない気持ちに……。
皆様、あけましておめでとうございます。お互い、一年、また積み重なりま
したね。今年も皆様にとってよき年となりますように!! 今年もどうぞよろ
しくお願い致します。　　　　　　　　　　　　　　　　2011/01/01（土）

カマキリと母

デッキの陶器椅子の上にカマキリが。母が携帯を近づけて撮っています。まるでカマキリ撮影会（笑）。いろんな角度から撮っていました。

木枯らし一号も到来し、冷えてまいりましたね。あっという間に虫の声もしなくなり……。→カマキリの餌も少なくなってしまったということですよね。動きが悪く弱っていたカマキリを助けることができて、母は上機嫌。撮影してしばらく鳥にやられないようにカマキリを見守るうちにみるみる情が移った母……。「カマコ」と呼び、撮影→確保→飼育→観察する母の様子は、カマコの行動観察をするよりも私にとっては面白くて……。カマキリは肉食で、生きた餌が必要なのにどうするのかと思ったら、母は鶏肉に糸をつけて生きているように微妙に揺らして見事に飛びつかせることに成功していました（°０°）。カマコ、すごい食欲……。水はアケビの皮殻に染ませておいたら母の思惑どおり、カマコ、水分補給していましたよ。今、首をもたげて母をじっと見るカマコに「獲物じゃないわよ。助けた人、助けた人よ、私は」と話しかけたり、「お洒落だわあ、カマキリって。スタイルいいわよねえ。腰がきゅっとしまって手と脚が長く顔が小さく目は大きく……。!! ほらっ！今、胸張ってポーズとってみせたわ」とか……。飽きません、母観察（笑）。

2011/10/28（金）

2011年の後ろ姿

「ラ、ララ♪、目指せ主婦マイスター〜♪、そう、そう、マイスぅタぁー！主婦、マイスター♪、マイ、マイ、マイスターへの…道〜！」とその場で勝手に自分で作った歌を、ある時は口に出して歌ったり、またある時は胸の内で応援歌のように繰り返して自分を叱咤激励しながら私は昨日、新年に向けて最終的に掃除を仕上げ、家を整えたり、買い物をしたりしました。歌いながらですと私は疲れが違います。私は疲れませんがもしかしたら聴かされている家族は疲れているかもしれません（笑）。以前私、本にも書きましたが、料理中も料理の先生になったつもりで「このタイミングで醤油を少々……」とか、私は口を動かしながら手を動かすとはかどるという癖？があるようです。それにしても昨日は風は強かったですが、今日同様比較的暖かでしたので家事がはかどり、助かりましたね〜。

昨日は世界や日本で起こったことを考えたり祈ったりしておりましたが、今日は自分や自分に近いところを見つめ直し、今年一年を振り返っているところです。今年の元旦に、「自分なりに一日一日を、より家族や周囲を大切にするのを心掛けながら、親指に力を入れて自分のペースで歩んでいこう」と思い、自分の様々な立場やシーンにおいて、時間をおかずに為すべきこと、継続していくこと、挑戦してみること、長い目で見て考え始めること……等、2011年をイメージしていたのが本当についこの間のことのように思えてなりません。

また一年が積み重なりました。こうして2011年の背中を見て、ふと思ったのは、つい先日のこのDAYSの『オテロ』のシェイクスピアではないけれど、『ハムレット』の中で「世の中に善も悪もない。あるのは善だ、悪だと思う心だけ」と彼が言っていたように（この言葉自体がどうこうではなく）、もちろんそうでないこともたくさんあるとは思いますが善悪に限らず起こることは無色であるのに受け取る心の有様で色を持つという似た表現は世界中でいくつも伝わって言われ続けてきたということ。自分の気持ちの持ちような

ことも多いのかもしれないことを改めて思い……。そういえば、時の流れが年々早く感じ焦る反面、「時を積み重ねるということは有り難いことだわ」と感じることも年々、いろんな意味、場面で多くなっていることも実感しています。

さて、皆様、今年もこのサイトにいらしてくださり本当にありがとうございました m(_)m。どうぞ、よいお年をお迎えください (ˆ-ˆ)/。

2011/12/31 (土)

自然と浮かぶ

皆様、あけましておめでとうございます。今年も、どうぞ DAYS も私もよろしくお願い申し上げます m(_)m。

今年の初日の今日、「年頭にあたり」自分がなにを思うのか心の声に耳を傾けてみましたら……「ぶれずに、柔軟にやっていこう！」と言葉にしていました。また「重心を置いたことの中にすべてを包含させてどれも互いの刺激でより邁進できるように」という願いが音を立て自然と頭に浮かび……。ここまでは順調ですが、これを具体的にし持続させて実行しなくては！ですよね (>_<)。頑張ります。

まだまだ寒さは厳しい日が続きますが、年が明け、もう春に気分は向かっています。初・春 \ˆoˆ/。皆様にいいことがたくさんありますように……(祈)。

2012/01/01 (日)

むこうむこう

三井ふたばこ作詩、中田喜直作曲「むこうむこう」。とても好きな曲で先日のコンサートでも歌わせていただきました。いつも私は歌いながら、私が高校生の時亡くなった祖父を空に描き思い出しています。祖父が私に与え遺してくれたものは、大人になりもう大人の子供がいる私に今も変わらず何が大切かを心にまっすぐ問いかけて導いてくれます。

舞台に立っている時はそんな私を通しながらも皆様に伝える、皆様にも寄り添いたい「むこうむこう」ですから、そんなことは決してありませんが、一人で歌っていると必ず自然と涙が溢れてきてしまう曲です。

2012/08/07（火）

声楽家の身体作りの一例

昨日のDAYSで身体作りについてのご質問いくつかいただきました。確かにご指摘（昨日のDAYSのご感想）そのもののとおり、「声楽家は体育会系」です。的を射ているお言葉でした。声を出すばかりでなく、歌詞の意味を調べ辞書をひいたり、他にもやるべき細かい作業はたくさんありますが、なにをおいてもカラダが楽器なので……。身体作りについては、この年齢になったからスタミナのためにスタートするといった類いのものではなく、若い10代20代からの積み重ねと試行錯誤、基本の繰り返しと加齢による付け足しや駆け引き、全くそれぞれ個人の体質により異なる「自らによる」熟慮が必要になってきます。声はそれに伴っています。

スイミングは全身運動でいいのですが、キャップを被っていても髪、肌への消毒剤の影響、水を介しての感染、水に直に近い喉への影響、時間的拘束などが気になり、あんなに好きだったのですが私は近年日々の声楽家トレーニングとしては遠のき気味です。ジムに通っていても付設のプール利用に積極的ではありませんでした。ジムのマシンも、使いこなす毎に日常のなかでど

のようにすればよいのか自然に考えが及ぶようになります。私は今は「地上
の」トレーニングを自分なりにやっています（笑）。ランニングもやり方で
胸が揺れて下がっていってしまうと感じるので気をつけながら、です。→冗
談ではないです（笑）。

「あくまで歌うために」程よい身体を保つことを日々考えています。これか
ら新たなことを始めようとしたり、話題のワークアウトをがむしゃらに自ら
に課したり、とりあえず何かに着手してみようと張り切り過ぎるとかえって
歌手としての命が縮まりかねないので(実際そういったことも聞きました)、
大切な「今まで」をよく振り返り自分の身体と対話しながら積み重ねていこ
うと今の時点では思っております。拙著に身体管理のことは書きましたが、
ご指摘のとおり、身体作りのことは初めてお話しいたしますね (ˆ-ˆ)。少し
でもご参考になればとても嬉しく、また光栄です。時々自らを解き放ちな
がら（→これも結構重要）、一緒に頑張りましょう (ˆ-ˆ)/。

2014/08/07（木）

サボイキャベツの教訓

ちりめんキャベツはやはり加熱と相性がいいのでロールキャベツはじめ各種煮込みに活躍させます。2014年最後の日、一年を納めることで、家事一つ行動する度にいちいち（笑）思うコトがあります。こうして料理をしていても、縮みほうれん草は寒さに耐えることで

甘みを増し美味しくなるため「このほうれん草のように試練を乗り越えると人間としての奥行きがでてくるのだわ〜」としみじみ思い、ちりめんキャベツを手にすると「輸送性が高いのはこの縮みを持っているからだわ〜。さすが！」と感心したり……。

ふと気づけば、平成になってから4半世紀余経ってしまい、21世紀になってからもう14年も見送ったのですね。時の流れは速いです……。

皆様、今年もこのDAYSにいらしてくださり、本当にありがとうございました。どうぞ、いいお年をお迎えくださいませ (ˆ-ˆ)/。　2014/12/31（水）

観ても、立っても

あけましておめでとうございます。皆様、今年もどうぞよろしくお願い致します。

突然ですがバレエを観ていると毎回、つくづく心動かされるポイントがあります。大まかに言ってしまえば、人の手と足の動かし方による幅広く無限大な表現が、人型という一見単純なみかけの形状から紡ぎ出されること。また同じく舞台表現をする者としてバレエは観慣れた演目でもその時々で「なるほど！」と本質的に納得させられる部分が異なるのも面白いです。その点、日本の能、狂言、歌舞伎に対してはなおさらです。母が幼い頃から能の仕舞、謡を習っていたのでその影響から私も昔から舞台に足を運んでまいりましたが、その年齢なりの直感や能舞台から受けとる表現方法に対する様々な

インプレッションの積み重ねは今になれば宝物だと思っています。会場の空気感（薪能も好きでよくまいります）、印象に残る一節、一場面、瞬間の足など、何十年経っても頭から離れないものも沢山……。観方が変わったなと思うのは、型や象徴性に注目しとにかく考えて観ることが昔は多かったのですが、今は余裕持って愉しめる「のりしろ」が増えました（笑）。自分の成長とともに舞台も変わり、年をとることが嬉しくなったりも……。昨年も、能、狂言舞台を観て、自分なりに五感を研ぎ澄ましその場に居れることの幸せを一昨年より多岐に自覚しました。能、狂言、歌舞伎などに限らず、演目の洋の東西問わず、日本にあって大和魂が垣間見られる演出やコラボ舞台にとても惹かれます。舞台に出演する時も、日本人として、一期一会の舞台自体の呼吸から得られること、日本の美に改めて心動かされること、数多くありました。

さて、与えられた役を解釈し創り上げていく過程を経た舞台上での表現、指揮、演出、衣装、舞台美術、照明、共演者、オーケストラ、客席、その他多くの部門との一期一会のコラボを経験し生身の自身に染み込ませていく時間の積み重ねは私にとってとても魅力的です。舞台に対して演ずる側でも、先述したように鑑賞する側でも、年齢を重ねることはつくづくいいことだと年々感じているところです。

今年も新しい年が今日、始まりました！　表現材料としての自分を高めるべくより一層努力してまいりたいと思っておりますので、皆様、どうぞ今年もよろしくお願い申し上げます。　　　　　　　　　　2015/01/01 (木)

follow me everywhere

人出もほとんどなく静まりかえり、風の生まれる音しかしないような時間帯。気づくと、後ろから犬のお散歩の方がいらっしゃるのか、犬の軽い足音？が近づいてきました。こうした場合、足を早めてお邪魔にならないようにするか、もしくはトレーニングの足を遅めてゆっくり追い越していただくか……。しかし、歩を緩めても早めても伝わってくる犬の足音は変わらず。防寒のために耳周りもモコモコしていたせいかとんだ勘違いで、自分のトレーニングウエアのチャックの金具の揺れる音だったのです。普段は聞こえない音だったので認識していませんでしたが、本当はこんな音がしていたんですね（笑）。 2015/02/07（土）

思いだし笑い

今朝、朝食を作っている時、思いだし笑いをしていたら、起きてきた家族が
「なに？　なに？　どうしたの？　またバカな失敗？」とキッチンに入って
きました。「また」「バカな」というのが引っかかりましたが……確かに……
そうでした～_～;。「あのね……」と言いかけて振り返ると、たいしたことな
いにしても失敗話なのに、聞きたそう～なワクワク笑顔。……教える気が失
せました。「教えてよー！」と催促され、しかたなく話すと、やっぱり……
朝から大声で笑われました (u_u)。　　　　　　　　　　2015/07/05 (日)

醸造　熟成

2015年最後の日となりました。今年を振り返って反省
もしましたが、今は、「今年の収穫は、良かったこと
も残念だったこともポイント（酵母）さえおさえてお
けば積み重なって知らず知らずいいワインになる」と
イメージして今年を終わらせようとしています。今年
見た、樽で熟成されている魅力的なワインの姿を思い
出したりして……。また、今年もそんな素敵な方々と
もたくさん出会うこともできました。

皆様、今年も温かな応援、舞台にこのDAYSに、本当にありがとうござい
ました。心より感謝申し上げます。

どうぞ良いお年をお迎えくださいね!!　　　　　　　　　　2015/12/31（木）

ドライブイン

皆様、あけましておめでとうございます。
昨年末イタリアで寄ったドライブインで、お隣
に写真のPATAのトラックが停まりました。
降りてきた長身のドライバーさんも、トラック
側面宣伝写真のおじさま（よく見ると片方のお
目が赤いです）同様、明らかにお疲れの様子で

したが、自ら鞭打つような機敏な動作は目をひき印象的でした。世界中どこ
でもご自分のお仕事に精一杯頑張っていらっしゃる方は同じで、そのお姿に
は「頑張って！」の声援、送りたくなりますよね。「袖振り合うも多生の縁」
というわけで、さりげなく労い……(ˆ-ˆ)。私の方が先にドライブインをあ
とにしたのでしたが、トラックが見えなくなる時「もうお会いすることはな
いでしょうけれど、お仕事、これからも頑張ってくださいね。私も元気に、
いい歌目指し歌います」と心の中で呟きました（笑）。ちなみにPATAはイ
タリアのポテトスナックのメーカーです。たしか２、３年前ワールドスー
パーバイク選手権でホンダのメインスポンサーになってくれたのでした。
さて、このように異国で偶然そこで休むことにして偶然お隣に車を停めた関
係、偶然電車で隣の席に座っただけの方……とどんなに頑張って考えても、
一生で世界中、日本中の方々と出会えるわけはなく……。そう思うとほんの
少しの時間、待合室でお隣に並んでいただけの方も、ものすごいご縁がある
ことになりますね。
2016年も縁あって心通わせ、共に笑ったり泣いたりできる幸せを大切にして
いきたいです。皆様とご縁があること、私は心から感謝致しております。今
年もどうぞよろしくお願い致します。　　　　　　　　　2016/01/01（金）

songs は sogno の話

これは２日前の日曜日、友人たちがお花とともに手渡してくれたカードです。この心強いメッセージの下には彼女たちのサインが続いていて、優しい彼女たち一人一人の気持ちが嬉しく、顔が浮かんできては癒されるので今、枕元に飾ってあります。

さてこれを受け取った瞬間、私は songs のあとのハートマークがアルファベットの O に見え、イタリア語の sogno ＝夢だと勘違い。「あれ？　イタリア語で書いてくれたの？　歌った歌詞の sogno に合わせて？」と言うと、その時みんなはジョークだと思って「そう、そう（笑）。頑張って苦労して混ぜて書いたの〜（笑）」と私に合わせて答えてくれました。家に帰ってからよく見て songs ♡ だとわかったのですが……、歌は夢、ですからどちらでもいいな (ˆ-ˆ) と……。

2016/01/12 (火)

川と私と鳥と

荒川水系、高麗川。写真のここは源流が距離的にそん
なに遠くはないわりに、南川と北川が合流直後の地点
なため、川幅は広め。留鳥、冬鳥を観ようと鳥を驚か
せないよう静かに注意深く川面に降りて行ったのです
が、存在に気づかなかったシラサギを警戒させてし
まったみたいで、突然すぐ先で飛び立たせてしまい
……(>_>) 悪いことをしました。羽ばたきの音に驚い
て見上げると、シラサギはもうかなりの高さに羽を広
げて飛んでいました。この辺りはもう少し上流に行くとあの美しくて人気の
カワセミもいます。野鳥が憩っている場所であるということは川魚もたくさ
んいるのですよね (ˆ-ˆ)。幸せなパワースポットです！　そうそう、「川魚
がいる」といえば、お花見や、電車＆川バックの富士山の勇姿で、このDA
YSにもよく書いた、駅三つ向こうの柳瀬川にも鮎がいるとか！　よく電車
からも釣りをしている方々をお見かけしますが山奥の清流にしかいないと
思っていましたのに嬉しいお話です……(ˆ-ˆ)。

さて、話を戻して、ここでの深呼吸は私の就寝時間調整のきっかけとする目
的がありましたが、それは成功しつつあります。次の本番の開演時間に合わ
せて生活のリズムを出来る限り調節して歌う身体にもっていくのは声楽家と
して「いつものこと」。今月は今日で終わりですので本番は来月のことといっ
ても「すぐ」。本番が午前中からですのでいつもより体調をみながらかなり
早起きな私です。花粉症対策は今年は花粉飛散が早めとみて、年明けからす
ぐ始めていますので大丈夫です (ˆ-ˆ)。皆様も年度末のお忙しい時期、季節
の変わり目でもありますし、どうぞお身体にお気をつけになってください
ね。受験生の皆様もがんばってください！　応援しています!!

2016/02/29 (月)

歌う幸せ2016.3

歌はその人その人時々の人生の「思い」に寄り添い息づいています。嬉しい時悲しい時、つい口から出るメロディー、皆様もお持ちでしょう。歌はいいですよね（^-^）。ついこの間、6日（日）のDAYSではありませんが、皆様にとって「歌うこと」がそれぞれの心豊かな人生の良き一コマとなるお手伝いもできれば、といつも思っています。歌う幸せもたくさん感じていただけたら……私はこの上なく幸せです。「歌」を届ける歌手になれてよかったとつくづく思います。舞台で歌わせていただけることも大変感謝致しております。

声楽の勉強を始めてしばらくは正しい発声や声の訓練、語感、歌うための体調管理など神経を使うことがたくさんあり、迷ったり、悩んだりしてきました。が、長年続けることで把握もできてきて楽になった部分が確かにあり、今、「声もテクニックも上向きだよ」との師匠の言葉を励みにさらに自分なりに頑張っています。もちろんまだまだ未熟ですが、年齢を重ねるごとに心の引き出しや経験場面が増えて表現が自然と豊かになってきたのかもしれません。あらゆる意味で一生勉強であるところも歌の魅力。どこまでということはないのかもしれません。

昨日のように師匠のお言葉、教えを門下生の先輩・後輩とともに受けることができたり、さらなる解釈、究極の曲の背景などの勉強の場に同じ声楽家の皆と会すると、心強くて力が湧いてきて、礎に戻ってしみじみ歌う幸せも感じます。恩師のありがたさにも改めて大きく心が動かされ涙が出そうでした。また昨日は皆さんの前で歌わせていただいた後、そのまま別の稽古場に直行しました。急ぎましたが電車の中まで走れないので（笑）やむを得ず遅刻です。遅れて稽古に参加する予定の私を待ってくれていて私が稽古場の扉を開くと即、「お疲れ！」と笑顔でマエストロ、コレペティの先生、ソリスト、合唱団の方々が迎えてくださり……。ちょうどアンサンブル部分の稽古が始まり、バトンタッチのやりとりなんか昨日はとっても息があっていてう

まくいき、みんなでホッ(^-^)。夜も歌う幸せ、魅力を感じられて、いい一日でした。感謝……。
2016/03/13 (日)

心の杖

父が勤めていた銀行から「賀寿」の杖をいただきました。かつての行員を思い続けてお祝いしてくださるお気持ちに父はもちろん、家族皆胸が熱くなり……。

父がお世話になっている看護師さんのU.Kさん。すべてがお優しく自信に満ち、かつとても親しみやすいお人柄とお言葉でこちらをいつも包み込んでくださいます。父のことでちょっと私が聞いてみたいけどお忙しいので遠慮していても、ちゃんとわかってくださっているかのように向こうから声をかけて心に寄り添ってくださり、はっきりとした揺るぎないお言葉で私に「勇気の素」をくださいます。昨日もそうでした。母の体調や、私の仕事のことまで本当にさりげなくいつも気にしてくださっていて……。先生にも介護士さんにも受付の方にも事務室の方々にもリハビリの療法士さんにもその他スタッフの方々にも私は仕事の誇りというものを改めて学ばせていただいております。素晴らしいチームプレー……。この出会いにこのような心の満たされ方があるとは……当初の想像を超えています。父の人生に、そして私の人生にも大音量の応援歌を歌ってくださっている気がして心強く……感謝しております。
2016/05/03 (火)

文化講演会

文化講演会のお仕事で久しぶりの母校へ。愛する後輩たちの顔を見ていると話したいことが溢れ出て……。

高校時代、クラブで一緒に全国大会に出場しその九州遠征夜のノリそのまま全く変わらない仲間Мちゃんがピアノ伴奏をしてくれて講演の後、後輩たちに歌のプレゼントもいたしました。終わって、時間を見ると予定2〜3分前。その時間でとてもいい質問も出て、私も共に楽しませていただきました。皆さんとの縁、そしてそれをこうして感じられ心満たされた時間をいただけたこと、感謝しております。これからみんながそれぞれの夢に向かい、逆境にもなんとか踏ん張って糧とし、持続可能な努力を焦らず重ねて、大きなスパンで人生を眺め、自己実現していってもらいたいと思います。後輩よ、不安も迷いも裏返した実体は輝かしい未来です！　みんなの清潔ではち切れんばかりのパワーにバンザイ！！　いつも応援しています！

2016/07/01（金）

山寺へ

昨日はおかげさまで初戦勝利した息子の試合の合間に立石寺、通称　山寺へ行ってまいりました。

芭蕉句碑。閑さや巌にしみ入蝉の聲

根本中堂。ブナで建てられた日本最古の建築です。脇に回り、床下を観ると、息を飲む迫力の支柱が……。

閑さや　巌にしみ入る　蝉の声
松尾芭蕉がここで詠んだこの句。私はここに来るまでは芭蕉の感じた蝉しぐれは、どちらかというと夏の日差しのような強い音をイメージしていましたが、現地で昨日聴いた蝉の声は止むことはない、優しく滞りなくシャアシャアしていて心地よ

い水のようでした。ふと、「巖にしみ入る」と、芭蕉がキャッチした感覚は
こちらなのかも？……と想像し、イメージを膨らませる楽しさに、しばし境
内で酔っていました。

奇岩の山壁に張り付くように立つ堂の数々を眺めながら強風を受け、私は完
全に時代を逆行していきました……。釈迦堂は今でも修行僧の方々しか入れ
ないところだそうです。

2016/08/10（水）

アリーナ探検

連日、息子たちに応援ありがとうございます。おかげさまでいよいよ今日、決勝リーグ進出。快挙です。昨日は息子は強豪相手に連続5点ほどサーブポイント (^-^)。「いいキャプテン♪コール♪」や「主将最高♪コール」を仲間ベンチから浴びていて、応援席ギャラリーで嬉しくて、ウレシクて……。写真は2階応援席から。試合前の練習中の息子です。思いがけず近くから撮れました。

コートが4面もとれる巨大なこのアリーナが大会会場。サブアリーナも使っています。

アリーナ1階のレストラン入り口。アスリートの食事を意識して「つよい飯」「いやし飯」「からだ飯」「しぜん飯」と分類されていて、栄養成分もそれぞれに付記されていました。

レストランの席から眺める外は緑が美しくて……。思いっきりウォーミング・アップしているチームも。緑と若者のコラボ、なんとも生き生きしていて観ていて気持ちよかったですね〜！

2016/08/12 (金)

笑顔、笑顔、笑顔

今日は大会閉会式。一足早く、今、帰りの新幹線に揺られながら書いています（後で聞いたのですが、息子は実行委員長として閉会式にトロフィー授与もしたとのこと。観れなくて残念！）。現地のタクシーの運転手さんも「晩は寒いくらいだ。これでお盆が終わったら一気にもっと涼しくなっちゃう」とおっしゃっていたように、ほんとうに朝晩涼しく、ホテルのお部屋ではクーラーを夜は止めていて……。日中もジトジトしていないため爽やかな気候のなか進んだ大会でよかったと思います。息子たちチームは昨年、一昨年、その前の年と三年連続優勝

乗っている帰りの山形新幹線車窓から。ススキが揺れています。山には秋の気配が……。

校とあたりましたが、よく粘る試合運びで応援のお母様方も驚愕！　残念ながら負けてしまいましたが、「やりきった」笑顔、笑顔、笑顔……弾ける瞬間をこの目にすることができて、ほんとうに私も幸せでした!!　あのチームの汗、汗、汗……私は生涯忘れられないと思います。試合後、会場出たところでミーティングしていた息子たち。遠くから見ていたら、引退した先輩が私に近づいてきて「僕が撮ってきてあげます」と私の携帯電話を預かりチームの輪のなかに。息子たちの、これで引退する学年の仲間全員のアップ写真を収めてきてくれました。ありがとう！　大切にします。

これから人生のナイスレシーブ、ブロックポイント、サービスエースで社会のために子供たちは頑張ってくれるでしょう。時に力以上のことができてしまう若さの持つ可能性にも心動かされっぱなし……。応援席での涙、涙、涙にもらい泣き！

2016/08/13（土）

シークレットゲスト

今日はこの後、楽屋入り。リサイタルのシークレットゲストとして出演させていただきます（サプライズですが、このように、ここやサイトのインフォメーションでこの様な感じまででお知らせすることはご本人のご意向で、許可をとってありますので大丈夫です (^_-)）。リサイタルは芸術と対峙する「今の」自分の魂を、世界観を、存分にお客様にお披露目できるとても幸せな機会ですよね。おめでとうございます。私も同じ歌手としてリサイタル本番前の気持ちがよくわかりますので「どうか無心でステージに向かい、満たされたお心でプログラムを終えられますように！」と心の中で応援、お祈りしているところです。客席から、舞台から、ff のエールの「気」を送り続けて今日はサプライズ、精一杯務めさせていただきたいと思っています。いってまいります。　　　　　　　　　　　　　　　　　　　　2016/08/20（土）

私のシャボン玉

写真１枚目の奥に霞んでいるのが谷川岳南壁。もうじき日暮れの時間です。夜は、違う惑星に居るのだと錯覚するくらい、漆黒の空に星が大きく、獣の目のように輝くのでした……。厳しくも懐の深い谷川岳は好きな山の１つです。その谷川岳に向かって今夏、シャボン玉をできる限り膨らませて挑みました（笑）。ちょうどその日の昼間観た虹（写真４枚目）の結晶のようなこのシャボン玉は山に少々圧倒されながらもフワフワ飛んでゆき……（写真２枚目、３枚目）。

写真５枚目は朝日に照らされている谷川岳。ああ……2016年８月が送られていきます。明日から９月。仕切り直して、皆様、秋もお互い頑張りましょうね。

2016/08/31（水）

夫にレッスン

夫に頼まれて久しぶりにレッスンをしました。事前に綺麗に先生用に（笑）作ってきてくれた楽譜に彼の真剣さをみました。夫は声楽家ではありませんがテノールで、学生時代もコーラスをしていたり仕事の合間に歌ったり聴いたり……歌が好き。夫がレッスンに持ってきたのは、モーツァルトから始まり、木下牧子先生の日本歌曲、北欧ニューエイジミュージック・カヴァーなど5曲。発声において身体と繋がるところを忘れ始めていたりしたので、そこから彼が疲れないように徐々に進めました。よって時間がかかるため、休憩を挟みつつ……。蜂蜜珈琲を飲んでもらうその休憩の間には喉は休めてもらう分、今やったレッスンで課題とした語句調べ、発音、曲の背景、構成からのアプローチ、楽譜に記入しておくべき事項を確認するなど、頭はフル回転してもらいました。バランスよく効率良く、です（笑）。とにかく……学生時代からのお仲間とこの秋歌うという大切な舞台もありますから。普段のふざけてばかりの（？）夫婦にならないよう私も淡々と間を作らずレッスンしましたし、生徒の方も（笑）素直に頑張ったので良くなりましたね〜。さらに、皆で歌う場合にその戦力となる基、ソルフェージュは完璧でなくてはいけないことを彼は気にしていて貪欲に音程の微妙なところなどを復習していました。夫が若い頃心のハーモニーを奏でた仲間と、時を経て熟したそれぞれの人生の響きを合わせる喜びを思う存分楽しんできて欲しいと思っています (^-^)。

2016/09/23（金）

24

EDGE

皆様、新年あけましておめでとうございます。本年もよろしくお願い申し上げます。

昨日家族と年越し蕎麦をいただきながら話していて、勝手に頭に、2017年のマイ・キーワードとして「エッジ」が浮かびました（笑）。エッジは鋭く尖った先端や縁などで、よく聞く「エッジを効かせる」とは、切れ味が良い、いい意味で「鋭い」という意味ですよね。身近なところで、ファッションでいう edgy（エッジー）なんかは独特、お洒落な感覚。原語の意味から多少エキセントリックな攻めのテイストのものもありますが、全般的に個性的で冴え渡る「感じ」。ファッションワードとして非常に感覚的な言葉に化けています。私のなかではどちらかというとシンプル・スタイルに、ちょっとだけガツンと辛口スパイスや「はずし」を靴や小物で効かせたり、頭を使ったこなれた魅力の着こなしをするイメージがあります。これも自由な感性や柔軟性によるところが大きいですよね。キレも柔ありき、です。

「スムースになるべく切れ味鋭く、時間をかけるのはやむを得ない場面でも、各国間の協議が効率良く『少しずつでも前進』すればいいなあ」と昨年は度々思っておりました。2017年は各問題が気持ち良く、edge（自動詞の場合）のようにジワジワと解決に向けて進み、世界も日本も明るい希望が持てる年になればいいですね。

2017/01/01（日）

笑顔と芸術

5日前16日のこのDAYSは「春顔」で、好きな縄文土器の長閑な顔面把手のことでした。皆様から「癒しを感じさせる」「いい顔……」「今にも、もっと顔を崩す大笑いをしそう」など感想を沢山いただき、改めて、プラスの表情「笑い」の芸術表現は面白いとつくづく感じました。縄文時代の無邪気な笑いの表情モチーフは災い、厄を祓うものとして作られたともいわれています。いわば元々は呪術的思考に因って生まれたアート。現代では「笑い」はいろんな意味合いを持っていて、例えば、今もスコアや台本を眺めていると怒りに裏打ちされた皮肉な笑いが出てきましたし、不気味な笑い、人を震撼させる冷酷な笑い、照れ隠し笑い、はたまた、有名なモナリザの謎に包まれた神秘の微笑み……など、時に笑顔の裏に存在する複雑な事情にも良くも悪くも人は惹きつけられています。いつの時代もヒトと「笑い」の関わりは芸術表現として魅惑の輝きを放ってきました。また、本来の、底になにもない自然な感情の発露による「笑い」はその場にいる人を連鎖的に幸せな気分にすることは間違いないですよね。年齢を重ねたおじいちゃま、おばあちゃまの笑い皺の刻みに歩んでいらした人生を感じたり……。いい笑顔を周りのみんなと互いに分かち合えるのは非常に大きな喜びです。そんな笑顔をアイコン化したようなスマイルちゃんマークは長い間ずっと老若男女問わず不変の人気者で、子どもの頃はスマイルちゃんのハンカチ、シール、小物入れ、手鏡、カバンを持っていて動かない貼り付き笑顔のスマイルでも一緒にいるだけで毎日元気を貰いました（笑）。今週金曜日から日本で始まる取り組み「プレミアムフライデー」のロゴマークも口角あげた笑顔のスマイルちゃん!?で、人気ブランド「gemme!」（「宝石を散りばめる」のgemと私のmeの合成語で「輝く人生楽しんで！」の意味）の定番にもスマイルちゃんの笑顔が光っています。幼い頃絵本のなかに描かれたお日様は通常はいつも正面から笑顔で私たちを見守ってくれる存在。太陽が優しく程よく送ってくれる笑顔の「熱」がなければ実際私たち人間は皆、生きていくことができま

せんよね。悲しいことがあっても常に前向きで、また、今、辛い状態にいる人には寄り添って共に乗り越え、祈り、皆で笑顔たくさんの毎日を送りたいと改めて思います。まだまだ寒い毎日ですが、あったかみを象徴するようなお日様笑顔がだいぶ早い時間から感じられる時期になりました。夜明け時間は着実に早まっています。今朝は、絵本の『北風と太陽』ではありませんが(笑)、北風が音からして冷た〜く、吹き荒れています。さて、今日も始まりますね。皆様、お互いに笑顔で頑張りましょう！　いい１日をお過ごしください (＾-＾)(＾-＾)(＾-＾)(＾-＾)(＾-＾)。　　　　　　　　　　2017/02/21 (火)

春珈琲と父

姪が前髪を切りました。今、髪揺らして春陽の
なか、赤い自転車を勢いよくスタートさせて出
かけていきました。彼女は今月生まれ。前髪同
様この季節も似合っていて、やっぱり「春の子」
です。見送って家に入ると、春珈琲、飲みたく
なりました。

ブラジルブルボンアマレロブ
レンドの京都小川珈琲さんの
「春珈琲」。甘く素直でコク深
く……。

ラジオから聴こえてきた、日向ぼっこしてい
るような song は１、２番 spring と long で韻
を踏んでいました。そうそう、皆様からよくご
心配いただいている父もおかげさまで元気、口癖の「Lucky だな！」連発
です。さっきの韻ではありませんが私は父の longevity（長寿）！願ってい
ます（笑）。よく言われるとおり、人は生まれてくるところからして奇跡＝
ラッキー。今こうして在ることに感謝せよという、父の教えのうちの１つが
「Lucky だな！」に表れていると思います。父は昔からよく「みんな元気で
ありがたいな！」と家族に言っていました。物事をいつもいいように受けと
りますし常に周りに「ありがとう、ありがとう」と太陽のような笑顔で感謝
の気持ちを忘れずにいて……、そんな父と一緒にいると私はとても前向きで
優しい気持ちに満たされます。くじけそうな時、ハッとするような父のアド
バイスの一言に何度助けられてきたことか。父は日常生活で人の気持ちを汲
むだけでなく、相手の心の奥を、時によっては裏も思いやり、そのうえ相手
の「先」も見て話をしていました。私も、到底父のレベルに及ばないにして
も少しでも父のような人間に近づきたい！と春珈琲を飲みながら改めて思っ
ていたところです。

2017/03/04（土）

海猫もみていた

海をみていました。
ふと横をみると海猫
もひとりで海の向こ
うをみていました。

彼のかわいい足跡が残ってい
ます。

2017/03/10（金）

足し感

一家の主婦として次季節の準備時期にはそれなりに敏感になります。皆様も
そうだと思いますが家族の体調とともに常に受信アンテナを張っているポイ
ントで、ルーティンにならないように時折なにを足してなにを引くか、メイ
クやファッションではありませんが、考えますよね。がっつり足すとこれか
らも年が経るにつれて毎年プレッシャーになりますが、少しお利口になれた
か？くらいの足し感で、より快適な暮らし、日常のために衣食住、旧き技や
モノを大切にしながら時には変革厭わず努力しようと、年度末の今頃、い
つも思うのです（笑）。特に昨日は、日本歌曲の系譜コンサートを聴きなが
ら「この時代の日本人の生活感覚はどうだったのか？」など歴史と照らし合
わせて感じ入っていたので、なおさら思うところがありました。とにかく生
きる力を鈍らせないため便利さに慣れ過ぎないようにしながら頑張りたいも
のです。収納術、機転の効いたアイディアで驚かせてくれる私の母のような
スーパー主婦、なんとか諦めずに目指します！ 2017/03/19（日）

春分！春散歩

「撮るよ」と話しかけたら、
菜の花バックにもっと銀に
輝いてみせてくれました。

2017/03/20（金）

仲良しな証拠

iPhone のアルバムを整理していましたら、「あれ??　これはなんで撮った
のかな？」と不思議に思う、父母の膝下写真がありました。並んで足を組ん
でいる、その膝のアップ……。私が撮ったのはまちがいありません。……思
い出しました！　そうそう(^_-)、話していて二人がなにげなく同じポーズ
をとっていることが多いことに向かいにいた私が気づいて、足を組んでいる
その様子もそっくりだったので「仲良しって、面白いなあ！」と思い、撮っ
たのでした（笑）。
そんな二人、今月、もうすぐ結婚記念日です。　　　　2017/04/01（土）

雨のなかの噴水

今朝は雨でしたね。春のなか、この外気の落ち着きは懐かしい気さえしました。思い出したのは、好きな三島由紀夫『雨のなかの噴水』。人生の春の時代の主人公の少年が感じる、恋愛を通した抱えきれない大人への理想や憧れ、少年にとっての底知れぬ性差の深み、気持ちの揺らぎが懐かしくて……。自分の気持ちを客観視し切れていないなか精一杯体当たりしている純粋さや自分でも持て余すこの時期の気持ちの変化は、優しい春の雨のようにこちらの心を満たしてきます。人生初の別れを告げる体験をし、雨のなかの噴水に映して見知る人生の一欠片を得た少年が最後、「風邪を引いてしまう」と思うところは勘がよくて（笑）、こういう、全編を彩る無意識下のみずみずしさが好きです。

恋愛に限らず人生において心がけ次第でいつでも前向きに青春だと言えなくもないですが、揺れ動くホンモノの青春では、大人になってから自分で自分を揺り動かして興してみる青春では決して得ることはできない傷の痛み自体美しく……眩しいですよね。　　　　　　　　　　　　　2017/04/08（土）

変身オペラ

私は「日本演奏連盟」50周年オペラ『黒塚』で変身する主人公を演らせてい
ただきましたが、今年10月14、15日両日夜出演の「日本オペラ協会」オペラ
『ミスター・シンデレラ』でも主人公が間違って飲んだ女王蜂エキスにより
潮の満ち引きで女性に変身するその役を演じさせていただきます。アントラ
クトにおいてだったりちょくちょく両性具有の場面もあります（笑）。作品
の題名から分かるように変身がテーマ。それにより最後は自分たちの夫婦愛
に気づいたり、またある人は真実の愛を得られる人生を送る選択を決意した
り、ハッピーエンドとなります。変身が最も大切なものを気づかせてくれて
……。

一口に変身すると言ってもいろいろありますよね。私たちは子どもの頃から
ヒーロー変身など、実際あり得なくても身近なテーマとして変身を意識して
きました。20世紀という括りでは、世界的に有名な Ungeziefer、カフカ『変
身』、最後の10年には日本で東野圭吾『変身』を思い出したところ。いずれ
も目覚めると知らぬうちに別のもの（人）になっている作品です。

日本では三島由紀夫『豊饒の海』のように（輪廻）転生に関する様々なもの
はそれこそ古代からありましたが、それとは違い全く異なるものとなる（主
に外面）恐怖と戸惑いは想像を絶するものがあります。それゆえ文学、舞台
作品もたくさん生まれたのだと思います。西洋に目を移すとギリシャ神話に
みられる変身は数々あって有名。紀元前ローマ詩人、恋多きオウィディウス
の『変身物語』ではギリシャ神話をもとに天地創造からカエサルの神化を書
いています。

話がどんどん他の方向にいきそうなので戻しますが、このオペラでは男女の
変身。そのなかでも入れ替わりテーマのものは二者間での恋愛感情絡めたよ
くある流行のドキドキ・ストーリーで、このオペラとは異なります。このオ
ペラは性別変化、Transsexual っぽい感じなのですが、面白いのは私の「赤
毛の女」は自分も肉体を得てもう一人の自分である正男を亡き者にしようと

途中から企み始めるところです。日本語のオペラですので、その辺の機微も皆様に伝わりやすく楽しんでいただけると思います。変身、好きです。魅力的です。

底に潜む

Jouirさん新作「ドゥルセ」。魅力は五味の、甘味、塩味、苦味、酸味、旨味が上手い具合にアンサンブルを奏でているところ。塩と杏と檸檬とキャラメルがチョコレートで統括されています。たおやかな歯触りの塩や杏のジャムが「底に潜む魅力」の在り方を提示していました。今日から6月。梅雨の季節、いよいよですね。雨は心の底に潜む感情や想い出をふと浮かび上がらせてくれますよね。楽しい想い出、複雑な感情、寂しい思い、今なお浸りたい経緯、驚きの結果……様々、朧げに、あるいは具体的に（笑）。

2017/06/01（木）

コーラス指導

ここのところ暑さが続き、眠りが浅かったり、冷房で身体を冷やしたりして身体の巡りが悪くなりがちです。今朝のコーラス指導は皆の身体の起き方を鑑み、まずは座ったまま身体の先から意識してほぐし、摩ったり叩いたり普段はしないツボ刺激までしてスタートしました。いつもは立ってストレッチ、体操、発声……と曲を歌うまでトントン進むのですが。そして今日は私もまさにそう思ったところでしたが、メンバーから「積み重ねのおかげでお腹と繋がって、お腹から声を出すということで息が自然にコントロール出来、自信がついた」という言葉を聞けてとても嬉しく思いました。さらにそのタイミングで聞けたのは前回の発表会でのお客様からのお褒めの言葉。益々ヤル気倍増！　暑さに負けず全身で歌って快い時間を過ごしました。更なる飛躍を目指しながら、人生の良き一コマとしてそれぞれが皆と楽しんで歌っていってもらうために私も更に頑張ります。長年いつも休憩なし２時間のお稽古の後は、ホッとしてゆっくり過ごす、よく笑いよく語り合う昼食時間……。人生の先輩の年代の方々が多いので私もお話、大変勉強になったりします。

2017/07/12（水）

愛用三角形

写真は愛用の香りの一つ、ロジェガレのフィグ（無花果）です。つけていると、ドビュッシーの愛聴曲が恋しくなり、そしてミュシャの好きな絵が頭に浮かんできます。また逆に、聴いていると、多少可愛げのあるアンニュイな画線を経由してこの香りが恋しくなります。どれがきっかけでも私のなかでそれまでの経験や知識の糸が感覚刺激によりほぐされたところからふと選られてミサンガになった感があります。私にとって
日常のささやかな、プッチーニのテノールアリアではありませんが「妙なる調和」（『トスカ』カヴァラドッシ）です。　　　　2017/07/13（木）

学生のキス

学生の街ハイデルベルクのチョコレート「学生のキス」。「甘さ」が違います（笑）!? 言われはありますがそれはおいておいて、若々しくて微笑ましい雰囲気、それになんといっても、この名前、キスに「学生の」と括る急襲感覚（笑）に惹きつけられます。ハイデルベルクも寄って帰国するお友達に頼んで買ってきてもらいました。

2017/08/21（月）

師匠のレッスン

昨日はフランス歌曲をみていただきに師匠の鎌倉のお宅へ行ってまいりました。ご一緒してもらった友人ピアニストもいいレッスンだった！と言ってくれましたが、難解に思える曲も助言で読み解けた時の心の動きは大きく、胸の内静かに興奮を覚えていました。奥深く汲めども尽きぬ宝の教えの数々沢山いただき、1の質問に10答えてくださるのが、本当にありがたく……。また、自分なりに積み上げてきた「声楽」に向かい合い見つめ直して省みる時でもあり、よって、反省点はあっても気持ちが「ホッとする時間」でもあります。レッスンを受けるにあたりたった一つ「ホッとはできない」ことは、一応時間的には長く歌ってきて師匠にも何十年も教えを受けてきたので、師匠をがっかりさせてしまわないように、解釈など考え抜き、せめて「まさか」なことだけは絶対にしないように万全を期すところです（笑）。奥様の笑顔もお久しぶりに拝見できてよかったです（^-^）。友人ピアニストが帰りに「本当にあの年齢でいらっしゃる？」と私に聞くほどお美しく知的で、師匠が昨日も「すーべて任せておいて安心して居られるんだ！」とおっしゃるほど、様々な面で女性としても目標にしたい素敵な方です。私が最初にお目にかかった時からお変わりになりません。

帰ってきてから気づいたのですが私の右足の踵は凄い勢いで靴ずれができており、皮がめくれて真っ赤でした。「わかったこと」の喜びを胸に、復習事項を頭に反復しつつの帰路では全く痛くはなく家に着いてからびっくり！「あそこはそういうことだったんだ……！」、とか、「あの作曲家ならではのピアニズムの美しさに、私、もっともっと寄り添わなきゃなぁ（>_>）ダメだダメだ」とか、あれこれ心にもう一度レッスンを落としてかみしめているとあっという間で、痛みも全く感じませんでした（笑）。　　　2017/09/02（土）

ポルタメント

午前中遅く、2013年ウィーンフィル・ニューイヤーコンサートのヨーゼフの「天体の音楽」を聴いていました。お兄さんより少し艶っぽいヨーゼフの音楽とメストのタクト、そしていいポルタメントが「涼しくなって嬉しい」といった今日の気候によく合いました。午後、引きずった魅惑的ポルタメントの甘い愉しみをザッハトルテの普段より

たーっぷりめクリームに表現(笑)??　プラス、ウィーンブレンドで、ゆっくりしているとちょうど昨年、舞台で踊っていたウィンナ・ワルツの日々も思い出していました。……それから、チョコレート系ピンクにネイルカラーも付け替えて……雨が弱く降り始めましたのでジョギングは堂々と（笑）中止にいたしました。台風が近づいていますね。どうぞ皆様お気をつけて、情報に注意しながらいい連休をお過ごしくださいね。　　　　2017/09/16（土）

歌い納め2017

自分でさらったり、勉強は日々続きますが、今日これからのオケ合わせで、歌い（仕事）納めとなります。来年本番に勢いを増すよう楽しく集中して皆と元気に終えてきたいと思います (ˆ-ˆ)/。年明け一月には三つ舞台があります。自分なりに準備のシミュレーションを重ねていますが、今、一つ一つの舞台の箱を胸に思い起こし、その一つの座席を貴重なひと時ご自分の場所としてくださる皆様に持てる力で表現に没頭して歌をお届けしたいと改めて強く思っているところです。舞台が皆様のお気持ちに快い体験となり、何かがお心に残り、できればそれらがその方の何かしらプラスの糧となっていただければ、本当に私にとってこれ以上ない幸せです ㎡(＿)㎡。

2017/12/28（木）

山笑う

神奈川県松田町の河津桜の満開姿を昨夜テレビ中継で観ました。毎年、まだ寒いこの時期に春の訪れを一番に報せてくれますね。今年も春がやってきてくれました。昨春、萌えて湧き立つ山の気に共鳴し、いよいよ名残惜しい帰り道、遠くからさっきまでいた山を振り返り「まさに『山笑う』……だわ！」と心を動かされたことを思い出していました。今思うと家に帰ってきたその春の晩は皆といてたくさん笑った楽しい記憶が……。もしかして「山笑う」の影響だったのかも（笑）。山の四季は長野県で生まれ育った私には呼吸することのように日々あたりまえで「日常」でした。子どもの頃から、人間に体調や気分があるように山にも日々微妙に変わる表情があり吹き下ろす風にも声があることを感じてきました。このDAYSでも今まで親しんだ山、登山、山桜、高山植物……はじめたくさんの山バナを書いてきたと思います。しばらく離れている時があって帰省すると、よく見知っていた山なのにその美しさはまるで別次元で、圧倒的な存在感をもって凄まじい勢いが感じられるのです。皆様、いい春を……！　　　　　　　　　　　2018/02/25（日）

七賢

今は私はお酒を飲まない時期に入っています。先日の父母の結婚記念日を最後に口にしていません。無理をしてやめているのではなく、自然と舞台本番や稽古や声を使う内容などとの兼ね合いで、長年の癖や自分の身体そのものが教え導く無意識コントロール、という感じでしょうか。ですので逆に、同じような時期でも少しいただく分には大丈夫な時もあります。今は食前酒、食中酒、食後酒、どれもいただきたいとは思いません。そんな今、ふと、思い出した、先月皆と愉しんだ日本酒「七賢」。写真は利き酒師であるお店の奥様が注いでくださっているところです。このお寿司屋さんがその時その時厳選した決して数は多くないラインナップに、こだわりと自信が窺えると密

40

かに心踊り出しました……。舌も満足するとさらにワクワク。楽しいですよね。その宴席も３割増で盛り上がり安心して寛げます。この「七賢」もかなりその場に合った美味しいお酒となりました。人や食の良縁を繋いでくれる心地よいお酒はそれこそ世の中にたくさんありますが、そこにタイミング他でプラスαした何かが生まれるとまたまた心動かされてしまいます。多分、この名前は有名な晋の「竹林の七賢」からとった

のだと思いますが、七賢人といえば清談。高尚な清談はおいておいて、このお酒が生まれた土地の雰囲気と礼教を取り払っていた彼らの一つの表向きに見せていた顔、つまり、あまり世相に関係なく好きなことを言い合うというイメージを重ねていて「いいネーミングだなあ」と思っていました。七賢にあやかって（!?）実際、あの日は皆快適な本音飛び出すいい晩になったことは間違いありませんでした（笑）。ああ、「竹林の七賢」と書いているうちに竹林を渡る風の中歩く気持ちよさも、また感じたくなってまいりました。今はちょうど「竹の秋」。筍の季節ももうすぐです。日本酒がお好きな方は筍で七賢、味わってみてはいかがですか？　　　　　2018/04/15（日）

指導へ～内から外から

今日は時々呼んでいただいている合唱団の指導へ。私は微力ですが皆様とても熱心で、お呼びいただくたびに圧倒され逆にパワーと刺激をいただきワクワクします。行き帰りの長い道のりも短く感じ、記憶にその興奮を静かに納めることのできるその時間に毎回満足します。昨年の本番直後、皆で「皆さん！今年で急にグッと上手くなられた」とマエストロにお褒めの言葉をいただいたとおり、皆様は常に前向き、上向きでいらっしゃいます。大切な発声に関することもそうですが、例えば作品の西洋音楽史的背景や性格はもちろん、大まかな意味での音楽的必然性、解釈におけるユニヴァーサルなものはその難易度に関わらずちょくちょく曲中早い時点でお伝えすることにしておりますが、それに対してすぐに高く意識を持ってくださるのが伝わってきてとても嬉しいです。結果、あるタイミングで歌いやすくもなり、どんどん声も出しやすくなっている気づきも伝えてくださったりして、ますますこちらもテンションアップ（ˆ-ˆ）！　表現において、内からの表出と外からの指南をバランスよく楽しみ、豊かに音楽経験を重ねていかれることを願い、皆様の音色を聴かせていただくことを今日もとても楽しみにしております。

2019/01/26（土）

晴れてみせる！！

昨日、誕生日の朝は、予定通り、父の主治医の先生
の診察でした。この日が来るまで前から少しずつ緊
張クレシェンドの私。先生のお話は、一つ、父の衰
えを認めざるを得なかったものであったので悲し
かったです……。頭では「私が泣いたって何にも状
況は変わらないし、むしろ本人含めて周りや家族が
不安になるだけ。泣くエネルギーを前向きに使わな
くちゃ」と思うのですが心細く、淋しい気持ちで胸
がいっぱいになり、終始、空元気の私でした。です

が！ 病院を出ると、この空！！ 父は太陽のように明るく器の大きな優し
い人です。穏やか、こまやかなので乱暴な物言いは決してしませんが、たと
え口にはしなくても、なにか、私に「晴れてみせろ！！」と父がこの空をプ
レゼントしてくれたような気がしました。……晴れてみせる！！

2019/02/03（日）

相原求一朗的生き方

この DAYS で書かせていただいてきた相原求一朗の絵画。今回も没後20年、生誕100年の展覧会、とても楽しみに伺いました。相原求一朗の作品は、求一朗の師　猪熊弦一郎の作品共々、昔から好きです。その真髄は主なモチーフである冬の北海道の厳かな大地のなかに存在します。色彩は抑えられており、実際、今回の最終期出品作品中も「赤」は、病気がちになり信州から送られてきた林檎のみ、「緑」に関してもはっきり主張したものは１点のみでした。しかしその内的世界の深淵を覗くといつでも温かく、観る者の心の全方位に語りかけてくれるものは彩り豊かなのです。よって会場も決して暗く感じることはありません。内にドラマティックに働きかけてくれるため、「近いうちにもう一度」観に訪れたくなります。一見モチーフが重なっているようでも、雪の吹き付け、踏んだ雪の感覚、眺めている遠景との間の風……全て、それぞれに感じることができます。私が雪国生まれで、雪の優しさ、厳しさ、烈しさ、静けさ……日常生活で体感しているせいもあるかもしれませんが……。どのくらい人生の機微、生きる意味を画面に吐露しているか、求一朗が生きた時間の集積も垣間見ることができます。母なる大地、厳かな自然に投影される画家の内面をまさに画面に付けていく作品の制作過程の様子の録画も会場に流してくださっており、私は求一朗がナイフを使う感じをいつも想像していたりしたので、これを見ることができて、とても嬉しかったです！

今回、新たな発見もありました。それは観る年齢により、受けとめが全く違うこと。気づきの瞬間、幸せでした。今回は絵を前にして「厳しい……厳しいね」と呟くこと、多く……。いつになく身の引き締まる厳しさを感じたのは残りの時間も意識し始めた今の私の年齢ならではの気がします。「天地静寂」(1994)のなかの薄く積もる雪の下に黄緑の芽吹きが僅かに見えるのを見て、日々、この絵のオーナーは「春が来る」ことを自らに言い聞かせ、仕事への意欲、生きることへの勇気、励ましを絵から受けとっていたと語って

いらっしゃいましたが、……そう、私も相原求一朗の絵には風景詩情に独特、深い魂の息吹が感じられるため、観ていて心休まり、懐深いその絵の前で自分の生き方をゆるりと見渡そうとしたくなるのです。

この画家自身の生き様の集大成は、亡くなる半年前の風景画を超えたパノラマから切り取ったデッサンの大作に投影されていました。あの相原求一朗的死生観もこれからずっと忘れることはないと思います……。

2019/03/25（月）

終わり、始まる

昨日、撮。母なる大地を、ヒトの暮らしを潤し続けていよいよ終点、そして海への起点となる豊かな河口です。たった今、新元号が「令和」と発表になり、来月から平成31年が令和元年となりました。私事ですが息子も今日から社会人としてスタートを切っています。母と目の前にしたこの海の輝きと『万葉集』からとられた元号の美しさを胸によき時代を祈ります。

新しい時代、令和をご一緒に！

2019/04/01（月）

尾瀬ビル

これは5年余経ち収穫したばかりの尾瀬ビル（行者ニンニク）です。幼稚園生だった息子が夏、農業合宿体験で農家さんに泊まらせていただきお世話になって以来心近くなっている村やその隣接市町村で採られたものを楽しみに手に入れています。今回も現地で買って帰りすぐにおやきに。家族に「元気が出た！」と喜ばれました。私もなんていうか、瞬発的な行動力（笑）が増すこと、確かに実感しています。そうそう、私もコンサートで歌わせていただい

たドイツリート、R．シュトラウス作曲「イヌサフラン」ですがこのイヌサフラン、行者ニンニクと似ています。イヌサフランは歌詞にあるとおり毒を持っていますので間違って食べてしまうと大変です！　お気をつけください。

2019/04/02（火）

刻印

私たちは来月から新元号、令和の刻印とともに生きていくのですよね。残り十数日の平成を意識していろんな思いが交錯します。平成時代、世界の中の日本が置かれる状況も大変化しました。自分のことでいうと、私は学生の身分だった時期から、結婚、出産、子育て、介護、仕事……全て平成とともに在り、そして、それらはあっという間の時間でした。反省は沢山ありますが、周りの皆様のおかげで、私なりには流れ去るのではなく積み重なってきた時間だったのではないか？と思えます。感謝申し上げます！
家族も好きなプレスバターサンド（写真）をいただきながらこんなことを考えておりました。初めていただいた時からお菓子を深く愛する方がよく考えて作った硬派のクッキーだと思ってきました。挟み焼きの型のかっちりした

イメージそのものの外箱や型押しは、しっかりかける手間や原材料選び含めお菓子作りに対するこだわりを表していて堅牢な意志も共にプレス、刻しているようです。

人それぞれ優先するものは人生のステージにより変わるもので、私も今まで自分なりに熟考しながら歩んできたつもりですが、卒業するもの、継続するもの、よく方向性を考えていくこと、足踏みを絶やさないでいくもの、新たに始めること……などを、平成の刻印を振り返りながらこれから、家族や周りの状況をよく見て判断し令和の日々を刻するように生きていきたいと思います。微力ながら少しでも社会のためになれるように。……と真剣に思っていますが、ご存知のとおり私は楽天的で、天然（これは自分では思っていませんが周りが私のことをそう言いますので「少し」そうなのかもしれません。「天然なんだから！」と言われるので私が「私、天然じゃない！」と反論しても「天然には自分が天然なこと、わからないから仕方ない」と、いつも友人に言い返されてしまいます（>_<)）、のんきなところがあるので、うまく歩いて行けるかどうかわかりません。あれ？……心配になってまいりました。皆様、引き続きどうかお導き、よろしくお願い致します m(＿)m。　　　　　　　2019/04/14 (日)

平成最後の満月

「平成最後の満月はフロスト加工をかけたように柔らか
だ」と思いました。昨夜の４月の満月＝ピンクムーンは
御簾に身を隠す平安の貴婦人のよう。平成最後の満月だ
から、と、あんまりみんなが見つめるから恥ずかしく
なってしまったみたいで、ちょっと目を離した隙に姿が
見えなくなり……。なんとなく外に出て雲に隠れた月の
姿を追いかけましたら……ちょうど仕事帰りの隣に住む
弟にばったり会いました。弟も「ホンワカした月だな
あ、と思っていたところ」と……(^-^)。立ち話していても寒くはなくて、
こんなふうにあったかくなったことも、父の体調も上向いていいことも、喜
び合いました（笑）。ああ、きっと私は随分経ってから、平成最後のこの満
月の日の何でもない会話を、ふとした時に思い出すのだろうなぁ……。

2019/04/20（土）

ガリーズ in パームツリーズ

ガリーズ・コレクション2019は数百年の樹齢の椰子
の木の下で!?　今回ここで、息子のお下がり（息
子のセンス、私たちは結構感心することが多く清潔
感もあるのでちょっと楽しみ^^）を着こなすこと
を夫とテーマにしました（笑）。夫と私は「ガリー
ズ」（息子のオサガリを着るコンビ）、それぞれ、息
子のお下がりルックでキメて（？）登場し、息子の
反応を面白がる……のです。椰子の木の下、さあ、
ガリーズ・ショー、スタート！

2019/05/03（金）

弟の誕生日はいつも……

昨日は弟の誕生日。今でも私にとって自分の誕生日と
はまた違う感覚で一つの節目。「ああ、弟もこの年齢
ねぇ……」と今年もしみじみ……。なにやら改めて自
分の年齢を自覚させられますね〜。弟が追い越すこと
なくぴったりと姉の私の後に続いて、縮まりも延びも
しない間隔で（笑）年をとっているのだから、姉とし
ては、いい背中を見せてあげなければ、と子どもの頃
から今まで変わらず思っているのですが、できていま
せんね……(T^T)。私は弟より先に生まれているだけ

でいまだに親に心配をかける娘ですが、弟は親の言葉によると「何も心配な
い」らしく、実際、私よりしっかりしていますから。「姉」は長年、気合い
だけ……。それでも、毎年、弟の誕生日当日は少しの時間目を閉じて弟の今
現在に思いを深く巡らせて心に浮かんだ言葉を……贈っています。私なりに
弟に感謝も込めて。 2019/05/17（金）

ガリーズファッション例

先日、夫とガリーズファッションした（私の造語です
みません！　息子のお下がりを共に着ること）晩のこ
とをここに書かせていただきましたら、「見たい」と
おっしゃってくださる方々がいらっしゃいましたの
で、その例、恥ずかしいのですが、先日の私の写真、
載せますね。右から３番目、白パンツ姿が私です。な
んだか……すみません……。トップス、ボトムスとも
に「ガリー」（笑）です。 2019/06/02（日）

ドクダミ

今朝送られてきたお友達の写メの一枚にはドクダミが一輪写っていました。ドクダミの花言葉の一つ「白い記憶」は人それぞれ母親との記憶と繋がっていることから……。つい先日そのお友達が「生きていれば○歳で……」とお母様のお誕生日、お写真にお好きだった花を供えた話をしてくれたばかりでしたので、今のお気持ちがそのまま伝わってくる感じがして今朝は私は何度も送られてきたこの写真を見ています。お母様はきっと変わらず見守り応援し続けてくださっているのですね。私の母も「ドクダミを見ると母の記憶しかないわ。幼い頃、おできができるとドクダミの生葉の汁をつけてくれたの」と話してくれたこと、思い出しました。
2019/06/09（日）

祇園　佐川急便

少し前、私が撮った、祇園の佐川急便さんの佇まい。飛脚マークがかっこいいですよね！　今朝、いつも家に荷物を届けてくださる佐川急便さんが配達にいらしたので、この画像を見ていただきました。心の中「お忙しいところ悪いかな。でも一瞬だけ！」と焦りながら……。お兄
さんは興味深そうに画像を覗いて感想を言ってくださり最後に満面の笑顔で「いいもの見せてもらいました！　ありがとうございます！」と次の一歩を踏み出し、小走りで車に戻られました。いつもありがとうございます。今日もお元気でお仕事頑張ってくださーい！！
2019/06/13（木）

そこでストップ！パチリ☆

これは前々回の写真。昔からこのコーラス指導が終わるとエレベーターか階段かどちらで階下に降りるか皆それぞれ迷います（笑）。エレベーターに向かう私に「先生、健康のために、たまには階段で！」とツッコミを入れる方もいらっしゃいました……（笑）。もう何十年も続けてこうして一緒に歌っている仲間なので自然と他の人の体調やエレベーター定員を考えて速やかに譲る方も……。この会をキッカケに知り合い、長年仲を深め、実際プライベートでも相談しあったり助け合ったりしている身内のような存在になっているそうです。嬉しいことです。

さて、写真ですが、先日健康のため階段で降りたメンバーを途中、会場のセンター職員の方が撮ってくださったもの。美容、健康、家族、悩み、旅行……女性ならではのワイワイと話を楽しむランチがこの後待っています。そうそう、三日後もまた練習なのでした（^^）。皆さんもとても楽しみにしてくださっているそうですが私も指導するのがとても癒しとなっています！

この歌の時間が皆さんの人生の良い一コマとなれれば、この上なく幸せ!!

2019/06/17（月）

ジャパン・ツーリスト・ビューロー

ジャパン・ツーリスト・ビューローの小看板、宿の玄関軒裏にさりげなく付いていて見過ごしそうになりましたが気がついてラッキーでした。何の気なしに見上げたタイミングで目に入ったとたん、度肝を抜かれましたね～。レトロ超えてますから！　ジャパン・ツーリスト・ビューローといえば今から100年以上

前設立の日本交通公社の前身ですよね。「ンパヤジ」との横書き表記も太平洋戦争の頃までの慣例「右から」、また、ヤもユも大文字表記、といった、時代が垣間見られるものでした。一体この山奥でどれくらいたくさんの、国内外からの旅人を見つめてきたのか？　導き受け容れ培われてきた歴史にふと大きく心が動かされ……攫われました（笑）。いつの時代も旅に人生を求めてきた人々の変わらぬ「思い」にも……。

2019/06/19（水）

いつかのドナルド・キーンさんお誕生会

一昨日は今年の２月、お亡くなりになったドナルド・キーンさんのお誕生日でした。
写真は何年前になりますでしょうか、10年は経っていないと思いますがキーンさんのお誕生会にお招きいただいた時にどなたかが撮ってくださったツーショットです。キーンさん

と私、キーンさんのお好きなワインを乾杯していますね～。当日、席がお隣に設定されていたので、ついつい嬉しくて勢い余ってお話しさせていただき、質問もたくさんは申し訳ないと遠慮しながらも遠慮せず（笑）……の私でしたがこの時もキーンさんはとても優しく受

け容れてくださり、楽しかったですね〜！ そうそう、この時私の教えていた大学の生徒のことをとても褒めてくださいましたが、キーンさんの講座を受けた生徒たちのエピソードの描写が具体的で絵に描くように濃やかで心が大きく動かされたのを思い出します。

一昨日は目が覚めると「ああ、今日はキーンさんのお誕生日だわ。……本当ならお誕生日を迎えられたのに……」と思い、起きあがって珈琲を淹れている間にふと、ある木版画家の作品をもう一度よく観てみたくなり引っ張り出したところ、この写真が１枚、間から落ちてまいりました。キーンさんとの写真は他にもあり、アルバムに入れて勿論大切にしていますがどういうわけかこの１枚だけがここに挟んであったのです。不思議な気持ちで、しばし心の中でキーンさんに話しかけましたね〜。このDAYSでも以前から度々キーンさんにはご登場いただきましたよね (^-^)。日本の微妙な時代に日本という国の全てを真に愛し続け理解し見守り続けてくださったキーンさん。日本人より絶対的日本人だったキーンさん……。穏やかにお話ししてくださったいくつもの煌めく宝はゴツい言い方ですが日本人の未来にとって、近く遠く、応援歌に繋がっていたと思います。

音楽にも本当に造詣が深い方でした。コンサートにいらしてくださると「東城さん、とても…よかった、よかったです！」と満面の笑みで終演後いの一番に楽屋に会いに来てくださり感想を伝えてくださいました。あのお優しいお顔、お声にもうお会いできないということは信じたくないので、しばらくずっと信じないままでいます。今でも普段、まさに風のように其処此処にいらっしゃる感じがする時があり……。凄いと思うことは人間的な側面でも多く、オフィシャルな場でもプライベートの場でも、お話の具体的内容においても目に見えない現場の空気感でも、いつでもそこには「学ぶ」以上のことがありました。キーンさんとお話ししていると、生きて呼吸しているうちに大切にすべき実にシンプルなことがあると感じることが多かったです。

2019/06/20 (木)

山と家族とラトビア・ミトン

写真はラトビアの手編みミトン。独特の形と柄の編み込みパ
ターンにはバルト三国の歴史や人々の大切にしてきた家族と
の暮らしの伝統が表れていてじんわり胸が温かくなってまい
ります。実際とても寒い国なのでミトンは必須です。今、私
は夏の手仕事が順次終わると秋冬を思うことも、度々ありま
す。なんだか久しぶりに編み物、したくなりました (ˆ-ˆ)。

昨夜はこのところ皆、仕事が多忙でなかなか集まれなかったのが久しぶりに
家族全員、弟一家も一緒の家族会が開けて、遅くまでおしゃべり。家族会で
はいつも私は、みんなの話が聞けて大満足、活力をもらえるのです。昨夜も
お腹も心も満杯！　先日も姪の「家族みんなが応援してくれるし、みんなが
喜んでくれる顔を思い出して頑張った」という言葉に私も今の姪くらいの若
い頃、温かく見守りさりげなく励ましてくれた家族のおかげで踏ん張れたこ
とを思い出しました。改めて、今も変わらず家族からやる気をもらえている
こと、嬉しく、感謝。

今は休暇で山にいますが今夜は寒いくらい……。夕方には、
本や譜面で疲れた目を休ませてくれる緑を、霧雨と浴びてい
るとまだ梅雨明けもしていないのに、萩の花に出逢いまし
た。昔、熱い恋文に添えたという、和の風情を一貫して漂わ
せる萩にも、またまた胸を温めてもらいました。

2019/07/07（日）

Nさんと父と私

父の病室、ベッドの側に寄ってきて沢山Nさんがお話をしてくださいまし
た。きっかけはごくごく小さな声で父の耳元で歌ってあげていた時（歌って
あげると特に表情も和らぎ目が輝いて元気になります）、「うまいわー！　俺

も昔ギターをやったんだよ」と話しかけてくださり……。父より一歳年下で
いらっしゃいますが、同年代トークに私もたくさん質問をさせていただきな
がら、貴重なお話を伺えました。戦争もあり大変な時代にそれこそ壮絶な思
いもして日本のためにとにかく働いて生きてきてくださったこの年代の方
に、せめて、「この年代の方々が今の豊かで平和な日本の礎を築いてくださっ
た。がむしゃらに頑張ってくださった。本当にありがとうございます」と直
に感謝を熱く伝える機会があって本当に良かった！と思いました。日頃、父
の生まれた昭和10年代初頭生まれの方々のご苦労に対し、せめて今はお体に
気をつけて幸せにゆったり過ごしていただきたい……と思っています。Nさ
んはとてもお声も張りがあって、お話も楽しいです。Nさんのお小さい頃か
らお仕事を引退なさるまでのこと、モテ期の話、大変なお怪我をなさったこ
と、お父様のお仕事のお話やそれを継がなかったこと、防空壕のこと……な
どなど。

「上の世代の人がいなくなっちまって俺たちが語り継いでいかないといけな
いんだけれど、俺たちの世代は……語らない……語れねぇ〜人が多いんだ
な」

「俺たちの世代はさ、頑張ってきたから、なかなか『きかない人』（頑固な人）
が多い〜よ」など、〜部分に節がつき強調する口調は親近感ありながらも、
大変意味深く、涙が出てきそうで困りました。そんな時には察してくださる
のか、話を変えて「お父さん、この時代の人にしちゃ〜、ほ〜んとに大きい
よ！　今の人はみんな大きいけどね〜。あ、ご主人様も大きいでしょ？
180センチ!?」とおっしゃるので「はい。そうですね、父の次の世代の弟、
そのまた次世代の私の息子もさらに大きく、みんなそのくらいです」とお答
えすると「カ〜〜ッ！　すごいねぇ！　俺はその肩くらいだぁ〜」とおどけ
てみせてくださるのでした。お優しいお気持ちも胸に沁みました。どうか、
どうかお元気で……。　　　　　　　　　　　　　　　　2019/07/13（土）

転写

コーラス指導後、皆と急遽観ることになった薔薇園で、Eちゃんが「この薔薇、東城先生の今日着ているワンピースの柄と全く同じです！」と、あるランブラーローズ系の薔薇の前に私を呼んで教えてくれました。よく気づきましたねえ……。本当に、陶磁器などへの柄の高い転写技術を目の当たりにしたように色まで同じで皆と驚きました！……偶然でした。しかも私は久しぶりに着たワンピースだったのです。

その日みんなで歌った歌の中にはイタリア語のものもありました。この曲を初回に発音をやった時、とりあえずイタリア語に慣れない方々はカタカナでおおまかに音声的転写していらっしゃいましたが、何回か歌い、時を経て質問がMさんから「ここの言葉の中のこの母音は滑らかに喋れてくると他と幅が違うと感じてきました」と……。面白い質問で嬉しくなりましたね〜。「転写」は程度の差はありますが、音声的転写でも音韻的転写でも実際、難しい……。歌では舞台語としての発音もありますし（ˆ-ˆ）。

とにかく、この日は、皆さんが本当に鋭く、よくお気づきになること、つくづく感心致しました。　　　　　　　　　　　　　　2019/07/19（金）

家族 BBQ メモリー

昨日、九州南部・北部、四国、近畿、北陸地方が梅雨明けしましたね（ˆˆ）。関東もいよいよ梅雨明け間近です。夏休暇への期待、爆発ですね。海へ！　山へ!!　夏ならではの涼みの愉しみへ……!!!　盛り上がりをみせるワクワクBBQの機会も増えます。焼肉中、BBQに合うオガ炭（写真）の長時間安定の穏やかでパワフルな火具合を見ながらそんなことを思い、勝手にテンション上がっていました（笑）。そうそう、実家の庭で、近所の方々もたくさん集まってみんなで大鉄板でBBQ、しょっちゅうしていましたね〜（ˆ-ˆ）。楽しかったなあ。肉も海鮮も……なんでも焼いて

（笑）。時には近所の方々が「こんなもの手に
入ったから今日は一緒にお夕飯しない？」と
魅惑の材料持ち寄って急遽集まってくれてい
ました。そのうち、それぞれの家のお父さん
も帰ってきて次々合流するのも楽しく……。
家の父も背広姿で「やあ～いらっしゃい～」
と挨拶してからポロシャツ＆ジーンズに着替
えて庭に出てきてすぐに盛り上がりに溶け込
んでいました～。また、山や海での家族BBQの思い出もキラキラ、鮮烈で
す。夫も息子も父もみーんな家族は弟の指示に従います。テントを張る場所
選びからすべて弟の導きで。弟は昔から器用で、先日も姪の自転車をあっと
いう間に修理してあげていたし、誰も教えないのになんでも自力でできてし
まうので、テント張りしながらBBQ準備をほとんど一人で手早く設定する
ことなど朝飯前といった感じです。工夫も、ちょっとしたトラブル処理も完
璧、毎回家族の尊敬を集めていました（笑）。私の役は……材料を準備する
段になるまで、近くの川に入って子どもたちと遊ぶ役！→ほとんど遊んでも
らっていたという話もありますが。普段私はどうしても、声楽家のこともあ
り声が大きくなってしまうので子どもたちとの街の公園遊びでは自分で気を
つけてうるさくしないようにしていた分、大自然の誰もいないところでは思
い切り子どもたちと遠慮せず身体を動かしキャーキャー盛り上がりましたね
～。今や息子も姪たちも皆、社会人として幼い頃からのそれぞれの夢を実現
して頑張っていたり受験生として忙しい日々を送っていたりしているので、
遊びに遠出はあまりできなくなりました。あの頃、「今のうちに思いっきり
一緒に楽しんでおこう！」と貪欲に実行しておいて、正解でした。

2019/07/25（木）

お揃いピアス

この子はやっぱり女の子！ 「真似した……」
そうです（笑）!?

2019/07/26（金）

生垣おさかな

危険な暑さが全国を覆いました。今日は高温注意報
が47都道府県に出されましたね。皆様、お互いに暑
さ対策、充分に気をつけましょうね！
歩道の生垣にそのお家の方かしら？どなたかがお魚
を描いて泳がせてくれてありました（＾＾）。お魚が
気持ちよさそうに泳ぐお水の冷たさを想像したり、
自分がプールを魚になった気分で長く楽しんでいる
気になったり……しばし涼しさをもらいましたね
〜！ 2019/08/01（木）

電光石火の石川県

日本の夏を感動の嵐で、応援する全ての者の胸を熱くしてくれる、文字通りの「熱戦」が今年も終わりました。夏の高校野球のことはこのDAYSにも毎年書かせていただいておりますが、今年も心動かされ、忘れられないシーンの連続に大きな勇気もいただきましたね〜。球児の皆様、お疲れ様でした。そしてありがとう!! 先程決勝戦が終わり大阪の履正社が、石川の星稜を破り初優勝を果たしました。どれほどの人間的成長を選手に与えるのか、母親世代の私にとっては観戦中彼らの様子を拝見して嬉しく、涙することも多かったです! 決勝戦はどちらの高校が勝っても初優勝だったそうですが、接戦の感じは研ぎ澄まされており、「両校の集中力、瞬間を決する力、電光石火の如し、だわ!」と感じました。電光とはまさしく稲妻のこと。昨夕もものすごい雷と雨に見舞われ外にいたものですから、夏の真っ只中を嫌という程実感しましたが、星稜高校のある石川県は雷全国一。窒素と酸素が雷が鳴ると窒素酸化物になりこれが植物をよく育て、よって、石川県の米は美味しいと聞いたことがありますが、美味しいお米を食べて選手は頑張ったのですね。今の時期のような夏場ばかりでなく、冬場の雷で雨が降り田んぼに注がれるものも稲を育てるのです。稲妻＝稲と結びつける、という意味です。そんなことも思いながら観戦しておりました。試合の途中、仕事で観られない時間もありましたが、決勝戦後、しばし今年も全国の球児の皆様の健闘を讃え、家族とお茶の時間を過ごしました。私の大好物の牡蠣についても、石川県 能登の牡蠣は昔から家族でいただいているので話に出ました。そう、波が穏やかなところは加熱用、濾過されてるところは生食用と区分けされておりとても美味しいのです。ああ、のと里山海道から見る七尾の湾は美しく、穴水の湾も小さいながらところどころ雪があしらわれていて……。前回目にしたあの風景を改めて胸にリフレイン……。あら? 今日は雷鳴聴こえてきませんね……。甲子園で完結したのでしょう。

2019/08/22 (木)

最終日

皆様、この度は東京都美術館にお越しいただき、本当にありがとうございました。母の作品に沢山の方々が会いにいらしてくださいましたこと、大変嬉しく、感激でした。御芳名カードのご記入もありがとうございます。ちょうど私の出演した先月28日のオペラ『トスカ』公演と会期が重なったため私が歌っている姿を描いた母の絵を観て翌日『トスカ』を演唱する私に重ねて観てくださいましたり、様々な感想を寄せてくださいましたり……とにかく母の絵をお心近くに引き寄せてくださいましたこと、母共々、心より感謝致しております。この写真は昨日、母と東京都美術館にまいりました時のものです。今回、夫と行ったり、可能な限り足を運びましたが、本日、いよいよ最終日です。今日は弟夫婦がまいります。

皆様、本当にありがとうございました！　　　　　　　　　　　2019/10/05（土）

デッキにて

家の別棟を作ってくださった会社の社長さんのＡさんが亡くなられて……お仏壇の遺影に信じられない思いで胸がつまり「本当にいなくなっちゃったの？」と口から出てしまい、奥様がティッシュボックスを持ってきてくださるほどかなり泣いてしまいました。お線香をあげさせていただきながら沢山、話をしました。木を本当に愛していらっしゃって、ご自分の故郷の自慢の木材を厳選して持ってきてくださり次男の方と一緒に我が家のデッキも引き戸も手で大切に制作してくださいました。いい意味で頑固一徹、情に厚く、時々出る方言がまたなんとも独特、気さくなフィーリングで一番のお弟

子さんの〇〇〇さんを「〇〇〇」と呼び、その方に任せて一つ一つをじっくり吟味し建ててくださいました。

完成した後も、よく家にいらしてくださいました。庭でお茶をした時に吹き抜けた風に目を細めていた表情が忘れられません。お散歩でふらっと訪ねて来てくださってお茶を飲んでいろんなお話をしてくださいました。時々、海辺の故郷に帰って来たから、と、沢山のお魚を手に照れながらいらしてくださり、あの時は確か、奥様との馴れ初めや若い頃の話、漁に出られて帰らなかったご兄弟のお話をしてくださいました。当時、高校生だった息子に将来の夢を聞いてくださり「この机でも勉強、頑張れよ」と言って出来上がった息子の机（窓際に造り付けの大きく長い丈夫なカウンター）を軽く叩いた時の笑顔といったら！　希望通りに入学した時も喜んでくださいました。私の衣装部屋の天袋の板も私のアイディアを感心して取り入れてくれたり、とにかく心ある方でした。

実はＡさんこだわりの天然ヒバのデッキの木が一部分朽ちてきているのでやり替えてもらおうと思ったのだけれど、Ａさんの手作りの作品、いわば自慢の遺作ですし、ここでお茶を飲むのを楽しみにしてくださっていたので、家族皆意見一致で計画変更し、危険な箇所は物を置くなりして工夫して、もう少しこのままにしておくことにしました。Ａさん、秋になりましたよ、またヒョイと秋の庭に来てくださいね……。Ａさんのお嬢様が「今日あたり、父は行くかもね＾＾」と……。肌寒いけど、待っています。

2019/10/09 (水)

母校藝大生活、ふと思い出す

写真は昨日の楽屋で前半が終わったところで、撮りました。

昨日は東京藝術大学音楽学部同声会埼玉支部主催「東城弥恵＆原田勇雅ジョイントリサイタル」にお越しいただき、心より御礼申し上げます。

思いがけずお声がけいただき実現したこのコン

サート、終わってみてまず、歌への共感やお気持ちなどを温かい雰囲気で伝えてくださり幸せな気持ちにさせていただきましたこと、お客様皆様に感謝申し上げます。母校の後輩とのジョイント、本番はマクロ、ミクロ、想像をこえて終演後こんなに心満たされるとは思いませんでした。

休憩中には、大学、大学院と長い間あの上野の地で私を育ててくれたキャンパスを思い出して……。特に私は博士課程に進み、また、その博士課程在籍中に出産で休学もしたので本当に長い間お世話になりました。振り返れば藝大は人数が少ないので同じ学年の仲間はすぐに科をこえて顔見知りになり、声楽科はみんな気心知れてわかり合えて仲良しなのはもちろん、様々な科と交流がありました。入学してすぐからのソルフェージュの授業は各科合同のクラス分け。声楽科は私のクラスに私の他1人しかいなくて、右隣の席の作曲科、左隣の席のヴァイオリン専攻の友達がすぐにできました。指揮の授業は履修した時、声楽科は私1人で他科の友達が増えて、先生にも細かいアプローチで様々、声楽作品のことも実技も教えていただきました。さらにさらに、学部もこえて同時代に在籍していた美術学部の友達ができると、美術学部構内の各科アトリエを案内してもらったり遊びに行ったり、藝祭の御神輿合戦（声楽科は建築科と組みます）では美術学部の仲間と若さ爆発パワーで盛り上がりました。学年をこえての声楽科授業「合唱」は1年生から3年生まで一緒で先輩方が眩しく、憧れたものです……。本当に藝大は楽しい学校でした！　バタ丼の大浦食堂、喫茶＆洋食キャッスル、売店のおじさま

やおばさまは皆お優しく、娘のようにかわいがってくださいました。喫茶キャッスルのゆたかおじさまは私の顔が見えると遠くからわざと「ミス善光寺〜!!」と大声で呼ぶので私が恥ずかしがって思わず隠れるともっと大きな声になり、周りにクスクス笑われていました。でもそのおかげで「あなたは長野出身?」と声をかけてくださる方もいて、嬉しかったこともあり、ゆたかさんの温かさも感じていました(^^)。ああ、次から次へと糸車が回るように溢れる思い出……! きりがありません。……培った絆やあのかけがえのない時間を温かく思い返すことができたのです。ありがとうございました。

2019/10/21(月)

最近ボタボタ泣いた時

床にボトボト涙を落とし、滴ではなく小さな水たまり（笑）になってしまった時がありました。恥ずかしながら……。最近、身体が弱った父に、「大丈夫よ！」「（家族に）こんないいことあったよ！　みんな家族思いのお父さんの見守りのおかげ！　感謝！」とかどちらかというと励ましたりしているつもりの、そんなシーンが多かったのですが、ちょっと父の寝顔を見ていて昔を思い出してしまい声は出さずそっと下向いて泣いてしまったのですが、その瞬間、握っていた父の手が私の手を三往復撫でたかと思うと軽くパッティングをしてくれたのです。寝ていても、娘がどういう気持ちなのかわかったのでしょう。そういう父です。その時、自分でも戸惑うくらい物凄い勢いで、涙が床に水溜りを作ったのを見ました。受診に電車を使っている今より少し元気な時も、ホームと電車の間があいているところを付き添いの私の足元を自分のことより気にして「気をつけるように」と指し示して先に電車を降りてみせてくれたり……。父は私が子どもの頃から独特の言い回しで「弥恵は笑顔が一番いいな」と口癖のように言ってくれていたし、泣き顔は見せないように気を付けていました。いつも父の前では笑顔でいようとしているお話は昨日 DAYS でもいたしましたばかりなのに……いつまで経っても頼りにならない娘です。「何歳になったの？　しっかりして！」と自分に大声で心の中言い聞かせましたが涙の勢いに勝てませんでした。

2019/10/27 (日)

スタンディングオベーションに感激

イタリアでのコンサート、開催市アマルフィの
市長様がこの終演後のツーショット写真を送っ
てきてくださいました。コンサートは立ち見が
でる大盛況、身に余るお褒めの言葉の数々をい
ただきとても嬉しく、感激いたしました。あり
がたいです (TˆT)。歌い終わり後奏が終わるか
終わらないかのうちからくださった温かい大拍
手や強い共感の皆様の表情、スタンディングオ
ベーションは生涯忘れることができないでしょ
う……！　アマルフィの、神が創った想像を絶
する美しさや心近いふとした街角、共に呼吸を
してくれているような波の音と共に……。皆様

との心の交流、宝物です。本当にありがとうございました。感謝です。

2019/11/08 (金)

日本では見たことない……

よく見ていただくとおわかりになると思いますが、
横向きでシャツがハンガーにかけられて陳列され
ています。襟がこちらを向いています。面白いで
すね。「おしゃれごころ」です !?　ソレントにて。
2019/11/12 (火)

庭を守ってくださいました

今秋の長野の家の庭の手入れが終わった旨、長年お世話になっている庭師さんのＳさんから私の携帯に今、お電話をいただいたところです。家族皆の思い入れのある庭……。いつもなかなか行くことができない私達家族のために庭の画像をＳさんのお嬢様が送ってくださいましたり、懐かしい長野弁の穏やかな声から伝わるお言葉の中の温かさにホッとしましたり、毎季、まるでそこでまだ住めているような幸せな感覚でいられたこと、「Ｓさんのおかげ」と感謝しております。長年甘えてまいりましたが、Ｓさんはご高齢のため、今年で引退なさるとのこと……。でも、お声をかけてお仲間に引き継いでくださるそうです。「来年は、仲間に引き継ぐために、私もね、一緒に作業させてもらっておしまいにします」とおっしゃるのを聞いた時、職人として長年関わったＳさんの我が家の庭への愛情を感じて、私達のご縁を庭木が繋いでくれたことに胸がいっぱいになりました。

2019/11/15 (金)

一人稽古 de ポジターノ

自宅スタジオで声を調えながら、頭に浮かんできたのは、ついこの間この身を置いていたこの風景！　目に飛び込んでくる心動かされる美しさと風のスケルツァンドに浸り、おじさまによる搾りたて

ジュースを五感で愉しんでいた……あの時、でした。

2019/11/17 (日)

パッケロ、パッケリ♪

先日、現地でパッケリをいただいている時、
お店の方に「何故このパスタはパッケロと
名前がついたのかしら？」とお聞きすると
「切り口がパカッと開いているからです」と
ジェスチャー付きでお答えいただきました。
……。なんか、楽しい……。

2019/11/19（火）

ヨーロッパ空

そういえば……やはりヨーロッパならではの空の色があ
ると感じます。控えめで想像翔ぶ余地のある日本の空色
との違い、特にこんな夕暮れ時に強く受けとめることが
できます。　　　　　　　　　　　　2019/11/20（水）

年を重ねたこと

昔の教え子が亡くなった浜で大小白波の砕ける様に手を合わせる場面で終わる重松清著『五百羅漢』。人の気持ち奥深くに寄り添うこのお話、どうにもならない深い喪失感との折り合いを通して「血」とは？などまで様々なことを改めて思う時間を与えてくれます。教え子の遺した子供と幼い頃母を亡くしたかつての自分を重ね、人間が人間たる所以、またその救いを五百羅漢に求めます。一度目に読んだ時から次の文章が順を違えることなく次々と心に刻されていくことが自覚できて、自室で読んでいましたが、どうにも涙と声が一緒に出してしまい恥ずかしくて、咳でごまかす作品でした。心の動きの大きさは今も変わりませんが、かろうじてカフェでも手にして人前で読めるようになりましたね～。主人公が亡き母の面影を重ねてきた五百羅漢に、自身の妻とちょうど今の季節、そう、紅葉の晩秋に訪ねる場面があり、また手にとりたくなりました。

私自身が登場人物のどの年代、どの立場もよくわかる年齢になったからでしょうか……。実際この重松作品を毎回身体に入れながら、年齢問わず身近に出会ってきた方々、過去含め私が直に見知っているか関係なく、会ったことはなくても話に聞く曽祖父母……などまで時を超えてその心に寄り添おうとする、想いに共感しようとする自分の心の動きに出会います。そしてその方々の幸せを願う……、あるいはその方の人生の尊き重みに思いを馳せるのでした。確かに私は未熟者なくせに自分のことが二の次なのが自分で自分がとても滑稽です（笑）。客観的に見ればただのお節介かもしれませんがそうした内に秘めた部分が年々強くなっていくところをみると「私にとって、トシを重ねる、トシをとる、ということの一面は、こういうことなのかな。今、感じるところでは……」と思うのでした。

2019/11/23（土）

母2019.11

控えめな母はこうして私のDAYSに出ること、
ハッキリ言うとあまり嬉しくないようです。だか
らちょっと「ごめんなさい」の気持ちで……。写
真は私と一緒に行ったカフェで、あったかい珈琲
を山盛りにして持ってきてくださったことに驚い
て、そんなふうに昔から変わらずお茶目で可愛い
マダムとお話ししている母です。
創造力に溢れ慎み深い母の、優しく「柔らかい」
心は年を重ねてますます母自身を輝かせていると
感じます。私を産んでくれた女性ということを抜
きにしても、世の中たくさん素敵な女性はいらっ
しゃいますが母もその中の一人だと確信を持って
います。本当に、どんな場でも状況でも、必ず周りを和ませて笑顔にできる
母を私は尊敬しています。ありきたりの言葉ですが……この人の娘であるこ
とを誇りに思っています。家族も皆そう思っています。今年は錚々たる審査
員の先生方に選ばれて、母の作品が東京都美術館に展示されました。おめで
とう、お母さん！　いつもありがとう!!　　　　　　　　2019/11/24（日）

感性工学

夫も息子も同じ理系の職業に就いていますがおおまかな言い方をすると、彼らは限りなく文系の心も持っている人達で文学や芸術を愛し、幅広いジャンルの音楽を聴くばかりでなくそれらを演奏する側だったりしています。もっとも音楽と数学はルーツを辿れば密接な関係にあることはよく知られるところですが……。しかし、しばしば家族として直面する様々な物事やその決定に際し彼らが明らかに私と異なる理系アプローチで迫ってくることがあり「なるほどね……」と私は内心、密かに感動したりちょっぴり楽しんだりしてまいりました。理系文系という括りが適切かわからない事例も含め、互いの論理の組み立ての違いを長い年月の積み重ねで前向きに受け容れられるようになりました。もっとも早急の決定はそんな呑気なこと言ってはいられませんが、とりあえず大抵のことは……２倍のことを知り得たような快感!?もあります（笑）。そんなことを考えていたら、数値にできないような曖昧な感覚を認め、感性と科学を融合するといった感性工学を思い出しました。読んだ本も何冊かパラパラしていると、主観的→物理的のベクトルのそれは世の中にかなり応用され役立っている分野であること、改めて実感できました。その中で偶然、感情モデルとしてシンプルかつ適用に漏れのない「ラッセルの円環モデル」に出会うことが重なり、ふと、これに興味が持てる芸術家はレオナルド・ダ・ヴィンチではないか！と思ったのでした。まさしく主観的な意見です（笑）。今年はレオナルド・ダ・ヴィンチ没後500年。私は建築と絵画の融合を試みたこの科学者の伝記や美術史家による解説書を改めて手にとってきた１年でした。美への限りない追求を損なうことなく理論的でありながら観る側のニンゲンの持つなかなか理屈では解き明かせない情動のために、計算を感じさせずまるでイリュージョンの如く試したダ・ヴィンチの手法と、ふと、重ねていました。　　　　　　　　　　2019/11/25（月）

二十数年前と逆

私が撮ったお気に入りの、「母と息子の写真」2連続！昔は公園の遊具にいつまでもくっついている息子に母が「今日は終わりよ〜。行きますよ〜」と帰りを促していましたが、今は息子が「ばあば、もう行くよ！」と公園をあとにする様子です。

2019/11/30（土）

絵画チョコ

チョコレートに、農薬、化学肥料不使用（フランスの有機栽培認証等も取得）の花やドライフルーツで絵を描いています。これらで更に顔の絵をお皿に描いた私（笑）。グレーピンクのものはホワイトチョコレートにハイビスカスを混ぜています。ブラックのものは

しっかりカカオマスにカルダモンがよく効いていて今時期気分。着色料も使っていないので全て自然のなせる技、芸術を愉しめます。

2019/12/06（金）

車検＆鬼胡桃

昨日は愛車の車検で、ちょうどいい機会でしたので勧めてくださった、より進化した新発売高性能タイヤに履き替えました。特に嬉しいのはロードノイズ、パタンノイズ、共に明らかに抑制され走行音が大変静かになったことです。タイヤ選択のお話をいろいろお聞きしておりました時、鬼胡桃の美味しさを堪能したばかりの私（一昨日DAYS「裁ち蕎麦＆鬼胡桃」）が「そういえば！タイヤ作りに硬い鬼胡桃の殻を使用することあるのですよね！」と言うと、お店の方がカタログ群の棚へ向かい「これです」と1冊私にくださいました。→ものすごく楽しい読み物でした(ˆˆ)。それはこれからの時期まさしくお世話になるスタッドレスタイヤ。鬼胡桃の殻が氷を着実に引っ掻き、凍結路面と闘ってくれます。20年以上にわたるメーカーさんご努力の技術……素晴らしいですね。鬼胡桃は不可食部分である「殻」でもゴムとコラボして私たちを助けてくれているのです。

2019/12/07（土）

白樺の孤独

こちらはスキー場の大駐車場の雪。ドカンと降った様子、よくわかりました。

近寄ると「もう雪の季節に慣れました」と照れたように呟いてくれたこの白樺の木。ほんの一節クリスマスソングを口ずさんで、雪遊びをして……別れてきました。

2019/12/09（月）

in fond all'anima

以前から何度かここにも書かせていただきましたが（近いところの記憶では2019.9.15「稽古照今」等……）、オペラにしてもコンサートにしても「恵みのお稽古の恵み」は計り知れず、デビュー以来変わらず一回一回与えていただいたお稽古を心から大切にしてまいりました。今日は2019年の私の舞台として最後のコンサートの最終お稽古でしたが（来年の別の舞台のお稽古が年末まで続きますのでまだお稽古納めではありませんが……）、ピアニストのお言葉どおり「最終稽古らしい充実感溢れる」お稽古で、おかげさまで実り多く終わることができてよかったです。変更した部分を身体に入れ直す一ヶ所を残して全て整いました。過程、明らかな相乗効果でピアニスト、テノール、私がグルーヴとは少し異なる意味の心の底からのノリ（共感）の発露速度が合ってくるのがわかり、とても嬉しかったです。→そう！　この心の底、「心（魂）の底に」とプログラム中の一曲の歌詞にも出てきて、イタリア語で in fond all'anima と歌われます。上述の理由によって今日はこの言葉を声にした時またさらに深〜い喜びを感じている自分に気づきました。まさしく fond ならぬ profond（イタリア語で「深い」の意味。様々な感情の深さ、強さも表します）……。　　　　　　　　　　　　2019/12/16（月）

仮定のテンション

急遽寄ったお店の二階から見えたこの木はいつもの通りそのままなのだけれど、街の灯をオーナメントとして映すビッグ・クリスマスツリーに勝手に仕立ててしまいました（笑）。今晩、この木は私達のクリスマスツリー。一緒にいたニューヨーク通のお友達にそう言うと、「ロックフェラーのクリスマスツリーより大きい！　生きている木を使った世界一のクリスマスツリー〜」と喜んでくれました。その晩はそのテンション続きで、より盛り上がりましたね〜（笑）。NY での暮らし、音楽、眺め、舞台、……話は尽きませんでした。仮定のクリスマスツリーを前に一瞬、子どもの頃、よく外で大人数で毎日「ここはみんなのお城ってことね」とか、みんなの「宇宙基地」を作ろうとしたり、仮定の物語ではしゃいで遊んだこと、思い出しました。ワクワクしながら、ご近所の男の子、女の子みんなと……。それぞれの兄弟姉妹、クラスメイトも連れてきたりしたので小さい子も大きい子も常時10人以上になる仲間といつも思いっきり走り回れるそんな遊び場（広場、森、小川、公園……）にも四季を通して事欠かなかったことも、とても幸せなことでした……。ああ、今の時期は自然にできた田んぼのスケート場で弟と思いっきりスケート、滑っていましたっけ……。

そんなこんなで、……寒いけれど、本当に心も体もポカポカ、都心の冷たいビル風に体当たりされても、へっちゃらだったのでした。　2019/12/17（火）

美ハードル

家の近くで撮。これを見ていて、未来へ飛躍
するために続く、苦しくも輝き溢れるこんな
試練の多種ハードルを乗り越えていけること
に感謝し、来年も地道に目の前のハードルに
全力で取り組み、努力を重ねていこうと思っ
ていました。たとえ闇の中に迷い込んだとし
ても光るこんな試練の美ハードルを頼りに一
本一本飛び越えて……。

皆様、今年も大変お世話になりありがとうございました。ご一緒に令和の幕
開けをかみしめ、明日には東京オリンピックイヤーの2020元旦を迎えること
ができること、大変、嬉しいです (^-^)。皆様、いいお年をお迎えください
……。

2019/12/31 (火)

庭〜Sさんからのお電話

長野の実家の庭のお手入れを長年お任せしている庭師さんのSさんが年齢的な理由でお仕事を昨年いっぱいで引退なさることはこのDAYS（2019.11.15）でもお話しさせていただきました。Sさんのお嬢様が庭の写真を撮って送ってくださいましたり、長い間には必要となった気候などによる配慮の相談など庭の様々な自然の転機となる時もいつも一緒に考えてくださったこと、大変ありがたかったです。何よりお電話の向こうの長野弁や住んでいらっしゃる戸隠のお話などの長野バナは、戸隠の清い気で瞬時にこちらを包んで心をポッと温めてくださいました。昨日後継の方が決まった旨、お電話がありました。お若いお弟子さんとのこと。Sさんが一緒に庭に行き、様々、引き継ぎをもう完了してくださったそうです。

……いろんなことを思い出します。家族の歴史も詰まっています。庭に会えなくてもいつでも安心して心がそこに翔んでいけたのは庭師さんたちのおかげでした。これからも庭を通した新しいご縁で我が家が守られていくこと、本当に感謝です。皆様よくご存知の、私が尊敬し強い影響を受けた今も毎日心の中で語りかけている亡き祖父「せいのすけ」がプレゼントしてくれたカエデの木陰で息子（「ゆうた」。お腹にいる時は私の弟に、せいのすけの生まれ変わりかも……ということで「いのすけ」と呼ばれていました＾＾）がお昼寝し大きくなったこと、よく急に集まりご近所何十人で夏バーベキューで盛り上がったこと……などなど、その何気ない日常生活での温かい庭での思い出が今の私の原動力の一つとなっていることは間違いありません。

2020/01/07（火）

父の調子

今日は父の調子が大変よく、家族が特に明るかったのが嬉しくて……。いちいち一喜一憂する愚かさはわかってはいても、とにかく家事の合間に何度も大き～く深呼吸するほど安堵感に包まれていました。ありがたいことです。家族はお互い「よかったよね～！」と何度もつい繰り返して口から出てしまうのに対し「ほんとだよね～」と答えているうち、また喜び倍増していって……。今晩、よく眠れそうです。

2020/01/08（水）

冬の紅

昨夕。冷たい冬の温い紅。親子３羽のカモが仲良く家路についているのに出会いました。川面の、カモが描く３つの「＞＞＞」と月にバトンを渡す紅夕陽の映えに見とれながら満月を待っていたのに、気づくと、もう既に紅集め、昇っていたのでした。

2020/01/12（日）

魂の行方

今、初春の空。フレディたち残った葉が揺れていました。

2020/01/16（木）

人気物件

人づて、じゃない、鳥づてに聞くのでしょう。写真
は近隣市の、毎年渡り鳥と多く会える箇所ですが、
近辺のもっとゆったりしたところでもこんなには見
られないので、きっと、ここは狭くとも何かしら魅
力条件が整っているのでしょう。スーパー（餌場）
が近い、または餌となる生き物にとっても人気物件
で餌に困らない、とか……。人間の私の目から見え
ない部分があるのでしょう。

2020/01/22（水）

寒卵とゴルフボール

初打ち（練習）で、最後、アプローチ
を練習していたら、続けて並びに転
がっていったボールの2つがなんだか
とても可愛くて……。家に帰って、寒
卵を入れたおでんを煮ました (^-^)。

2020/01/23 (木)

YAKINIKUKAI

先日行われた仲間との焼肉会は、初めて伺う、都心駅近にもかかわらず静
か、通りから私道でズズーッと入った正面にそびえるお城風の建物でさすが
豊臣秀吉が韓国に築いた倭城の一つが店名になっているだけありました。内
装は和モダン。コンパクトで落ち着いた雰囲気のそこを根城に（!?）楽しみ
ました。かなりディープに笑いましたので腹筋を使いましたし、美味しい肉
に乳酸菌が豊富な生マッコリを少しいただきましたし、鍋奉行ならぬ焼肉奉
行のお店のお姉様がオススメの焼き指南、肉知識、韓国語読みに関する裏話
をしてくださり勉強になりましたし、……心身ともにリフレッシュ！ なに
より肉が焼ける音を効果音にテンポアップ、クレシェンドしていく我々音楽
関係者の声と笑顔がパワフ
ル。「新年会らしくていい感
じ」でワクワク。みんなが元
気で2020年を迎えられて嬉し
かったですね〜。今年もみん
なにとって各自いい演奏活動
を積み重ねられる充実の一年
でありますように！

生マッコリ

各テーブルの、ミスジ、ト
モ三角、特上カルビ、上
ロース、トウガラシ。

2020/01/24 (金)

解

出がけに、またネックレスのチェーンが絡まってしまい、針の先で解そうとして「ここがこうなってるから……えーっと……こうして……」と考えながら格闘していました。すると回り道をしているかのようにうまくいかないのです。しかし、いったん落ち着いて、適当に指先で揺するように解していくと、あら不思議、いつのまにか元に戻りました。ここで思ったのは、「悩み」というものも、時にはしっかり考えを巡らせることも必要かもしれませんが、なんとなく楽に受けとめ直してみて、ぼんやりと周りのことに気をとられながら考えていた方が早く解決するのでは……ということです。少し過去に思い当たることもありました。悩みにもよると思いますが……。
それでは、皆様。今日の講演会＆コンサートは、お話しさせていただいたり、歌ったり……長い時間となりますが、どうぞ、おつきあいのほど、よろしくお願い致します。
2020/01/28（火）

温か！華やかフリル

皆様、昨日はありがとうございました。講演テーマを心の底より共有してくださるような自然で温かな会場の雰囲気に感謝致しております。反応してくださる皆様のお声や息や笑い声などとご一緒している時間に包まれる幸

せは、この昨日いただいた花の、幾重にも重なるフリルのように、相乗効果により皆で一つの大きな思いを形作れたような気がいたします。それにしても、それぞれの花の個性的なフリルは私の気分まで春仕様にアップデートしてくれましたね〜。終わった後、感想などをお話ししてくださった皆様のお言葉に、花の先の実りにも夢が拡がるのを感じて心が大きく動かされました。
2020/01/29（水）

２並び観覧糸車

今日、令和２年２月２日は私の誕生日です。「令和２年２月２日、222ってゾロ目の並び、すごいね！」「20200202って……なかなかこうはいかないんじゃない？　一生に一度だし、当たり前だけど人類史上でも一度きり（笑）」「次の記念すべき2222年２月２日まであと202年も待たなきゃならないんだよ。やはり今日はお祝い!?」など、日付の２並びについて、お祝いの言葉につけ加えてくださる方々がたくさんいらっしゃり、それに全然気づけていなかった私は、より自分にとって特別な日であることをおかげさまで強く感じることができました。本当ですね、線対称にピタリと重なりますね。皆様、いつもありがとうございます！　お祝いの温かなメッセージに涙、涙の私です。……ありがたいです……。以前もここに書いていますが「お誕生日おめでとう」と言われる度「こんな未熟な私と仲良くしてくれて本当にありがとう。これからもよろしくお願いします！」という気持ちになります。この世にデビューさせてくれた両親にも、感謝、感謝……。私にとって改めて、感謝できることにも深く感謝する、まさに感謝日です。

写真はいただいたバースデーカードの一枚。カードを開けると音楽観覧車が
回る仕組みになっています。ゆっくり回る様と糸のような五線を見て、人生を糸車で表現した「糸繰りの歌」を思っていました。数年前に演じたオペラ『黒塚』の主人公が、糸車を回しながら自分の運命について語り始める場面……。途中まで舞台に終始天井から一本の赤い糸が象徴的に下がっている演出で、この場面では歌いながらその糸を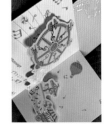
手にして糸車があるものとして、そう、つまりエア糸車で糸を紡いだのでした。懐かしい……。秘密にしておかなければならないことがあるために生きていく上での日々の繰り返しを嘆いているという物語の内容的なところは別においておいて、表現者として続く人生の時間を歌とともに糸車に重ね演じた経験が、節目の誕生日のこの音楽観覧車を糸車に見せたのでしょう。この

観覧車のように、「展望よくテンポよく」進んでいければいいですね〜(＾-＾)。空高く響き拡がる音の糸々で成す人生織物を、この世に生まれてから綿々と自分なりに生ある限り紡いでいける日々に感謝し、心の底奥深くに、まだまだ完成に遠いそれを落として眺めている朝です。　　　　　　2020/02/02（日）

暖冬

先日のお誕生日の前日、お花のお菓子のお誕生日プレゼント（写真一枚目）が郵便で届きました。送ってくれた彼女、お散歩していていぬふぐりの花（写真二枚目）が咲いているのを見つけたことも、昨日写メで報告してくれました。両方のお花のプレゼント、春の日差しそのものの暖かさを私の胸に満ちさせ活力をくれました。生まれ育った信州の風景は繊細に饒舌で、自然が喜んで其処此処にそのままで存在しています。この時期の昼間

は、つかの間雪解けにぬかるむ土を、可愛がるように目を細めて温めるお日様の温もりを五感で感じたものでした。それを久しぶりに思い出しています。一方、かつて春になる過程を細かく感じて楽しんでいたのに、このところの暖冬異変には少し緊張していました。大丈夫かな？と。このまま春になってしまったら山にも雪が少なく、湧き水となり里を潤す水源が……など。心配しておりましたがここで寒気が少し戻りましたね。今朝は冷たい風が強く東京も初氷、西の金閣寺もようやく雪化粧、だとか。今住んでいる市内から見える富士山も今朝は珍しく雪が降って荒れているのか、頂上からモクモクとした綿飴のような雲がそのシェイプを覆い尽くしています。今朝は、温暖化と一言で片付けられない状況も思いながら、この「お花」、いただきました。次代に残す自然を常にバランス良く適宜に見守り続けていく責任も改めて感じております。　　　　　2020/02/06（木）

願い2020.2.7

昨日は祖母の命日で、もう何十年も前のあの寒い朝を思い出していました。祖母の家に向かう途中、道端で寒さのあまり鳩が凍え死んでいたことも……。急なお別れに中学生の私は「なんてこと。本当に人間は『朝には紅顔ありて夕には白骨となれる身なり』通りではないか！」と祖母の眠っているような美しい白い顔を見ながらただただ泣いたことをよく覚えています。人間の生の真実を初めて目の当たりにした出来事でした。育った長野のこの時期の軒の氷柱や凍てつく空気感は、東京、埼玉で暮らすようになって少し遠いことになりましたが、昨朝はここでも０度！　この冬一番の冷え込みになり、昔を振り返っていました。そして昨朝は父の診察。介護タクシーを直に包む冬の清らかな生まれたての気の輝きを目にして「ああ、ずっとずっとこうして居られればいいのになあ……」と口から出てしまいました。この話の流れからすると誤解されてしまいますが、決して縁起が悪い意味ではありません。むしろその逆です。命にとって不可逆な時間の流れが、実は、行きつ戻りつしているのではないか？と思うほどの、昨朝のような清気の輝きが父の表情に見られることがあります。私はこの年齢になってもまだ、父を安心させてあげられるような娘ではなくて、父に悪いと思っておりますが、それ故に父は特に頑張ってくれている気がします。全身で私達家族一人一人を励まし続けてくれる尊敬する父に、「血を分け一生懸命育てていい人間になってくれた。親として育て方に後悔なかった」と思われるような娘であるために、ここでまた私は努力の更新が一層必要な気がしてなりません。人間として立派な人として、父に感謝を表したいです。そうそうあばけちゃいられません。→「あばける」とは長野の方言で「無駄に時間を過ごす」ニュアンスの「遊ぶ」という意味の言葉です。いまだに方言は、ふと、感情に駆られた時など中心によく出てしまいます。

2020/02/08（土）

アインシュタインの河津桜

昨日ミルク色の空の下、在住市内で春ピンクに灯る
この河津桜を見つけて撮。ちょうどラジオから「恋
はサイコロを振らない……」と聴こえてきて「！
……春ね。アルベルト・アインシュタイン『神はサ
イコロを振らない』からとったのね。でもこの河津
桜のような咲きかけにおいてはしばしば、恋はサイ
コロを『振る』かも……（笑）」と思った途端、「『恋』
ではなく『神』の間違いでした」と訂正のアナウン
スが……。アインシュタインの言葉通りのバンドの
お名前だったのでした。

2020/02/18（火）

Mince

mince（マース。フランス語で「薄い」）と
いうお名前通り、かなり薄いチョコレートな
ので、気軽に各種濃い風味を優しくいただけ
て口溶けも楽しめます。百度石の数え玉、ア
ンティーク秤おもり……など、幼い頃目にし
ていて今は見かけない重いモノばかりに似ているので(笑)一人、盛り上がっ
ていました。とにかく懐かしい……。……ああ、よく遊んだオセロゲーム
の自分の持ち石も、色はともかく、こんなふうに並んでいましたね (^_-)！

2020/02/19（水）

竹取雛から

見かけた竹取雛。許可を取り、撮らせていただきまし
た。小さな竹の中から出てきた２人は立ち位置から、
仲が良すぎてたまたま喧嘩している瞬間のようにも見
えます（＾＾）。人間ではないかぐや姫と並んでいるの
は、誰なのか？　心の中で『竹取物語』を反芻してい
ました。するとお雛様になったかぐや姫がさらに不思
議な存在に思えてきたのです。柳田國男先生が、「伝
説は植物、昔話は動物。昔話は動物のように飛び歩く
から各地に似たお話が残るが、伝説は根を下ろして成
長する」とおっしゃっていたことを思い出し、かぐや姫伝説が残る各地に思
いを巡らせながら、この最古の物語に面白い枝葉の展開を心に描いて楽しん
でいました（笑）。
そんなわけで今朝は柳田國男先生の何冊かの御本のことを思い出したことが
きっかけとなって、母に「だいぶ前に読んだ、柳田國男先生の昭和15年の著
書で知ったお寺、見学できるのだけれど……一緒に行ってくれない？」と
言って近隣の寺院へ誘い、OK をもらったばかりです。何年も「いつか、い
つか……」と思って胸に秘めておりましたが（笑）とうとう行ってまいりま
す。それにしても、女の子が健やかにかぐや姫のように美しく成長しますよ
うに！と願う気持ちが込められている竹取雛、考えてみると遊び心あるその
存在はちょっとミステリアスですね。　　　　　　　　　　2020/02/20（木）

山羊に会う

あまりに想像外のところでばったり、山羊に
会いました。隣市にまさか放牧されていると
は……。驚きましたね～。人馴れしているの
か、この山羊たちは私を見つけると即、まる
で近所の人に会ったかのような親近感を持っ
て、こちらにリズミカルに踊るように近寄っ
てきました。その迫力に、動物好きな私にし
たら珍しく、ちょっと怖くなってしまい、そ
の場から逃げてしまいました。……考えてみ
るに、ちょうど家を出る前、昨年イタリアで
訪ねたフランス大使館の写真を見ていて、そ
の時の目的だった天井画「バッカスとアリア
ドネの勝利」や、ティツィアーノやプッサン
の絵中のバッカス、アリアドネ、サテュロス
を思い出していたせいかもしれません。サ
テュロスは山羊の足と角を持つ森の精ですか
ら……（笑）。

2020/02/21（金）

ファルネーゼ宮殿。今はフランス
大使館。ご存知、オペラ『トスカ』
の舞台の一つでもあります

室町創建

先日（DAYS2020.2.20）母を誘った寺院へ。
このお寺はいわゆる観光寺院ではないため静
寂さ極まるなかでじっくり向かいあうことが
できました。持つ威厳がよりこちらに直に
迫ってきます。室町時代創建の寄棟造が荘
重、渋い趣を醸し出し、さりげない細部の凝
り方も立派でした。ここでの時間経過ととも

に心が自然と落ち着き、後にする頃には背筋が伸びてまいりましたね〜。車
をとめた場所の関係で、周辺を一周して歩くことになったのですが、それが
またよかったです。裏塀で人とすれ違い、現在の町独特の雰囲気を味わいな
がら、町が栄えた江戸のココを想像して歩くことは私にとってやはり大変魅
力的でした。お寺が残っているのでは決してない、時代を超えて町に溶け込
みそのまま変わらず息づいているのであって、他にもただ「遺る」のではな
い感じが生活史とともに確かに立つ場所ポイント、ポイントに強く存在する
ことに大きく心を動かされました。100年余後にはすれ違った方々も私も誰
もいなくなり、町の人は全く入れ替わってしまうのですが、きっと同じこと
を思い、前時代を心近く受けとめて立ち止まって時の風を感じる方々が未来
にもたくさんいらっしゃることでしょう。　　　　　　2020/02/22（土）

浅春

友達と歩く午後の道。フワッとした春の日差しに油断した
瞬間、突如ブワッ！　前の季節の冷たさ含む風に吹き付け
られ皆で「さむーい！」。私達皆、自分たちではなく今、
子供達世代が浅春ではなく「青春」の希望のなかにいます。
それぞれの子供を小さい頃から互いによく知っている仲。
子供達の近況や頑張りをお聞きしてとても嬉しく、なんと
も満たされた気持ちで外に出たところ……。みんなでいれ
ば寒くない！

2020/03/01（日）

SUIKANKYO

写真は旧荒川水管橋。川を渡るライフライン
を、撮。水管橋に対しては昔から、低く流れ
る川から繋がって引いているはずの様々な用
途の生活水が施設等を経て思い切って川越え
するというのが、また、大切な水を運ぶ管が
外に出ていてそのまま直に見えるというとこ
ろがなにか新鮮で、未だに目にする度いろい

ろ観察してしまいます（＾＾）。全く素人なのでどのような技術かはわかりま
せんが水管橋は常にどこにも頼ることなく独立して野晒しですから腐食した
りしないような塗装の工夫も耐震構造においても相当研究されていることは
想像できます。「埼玉県企業局」と書かれていますが、管理する方々、関係
の方々の見えないご努力も伝わってくるようです。日本一長い水管橋は同じ
埼玉県の、「旧」が取れたらこれと同じお名前の荒川水管橋です。

2020/03/03（火）

EF16

昨日、いわゆる土木の遺産、といえる旧い水管橋を
ここに載せさせていただきました。それで思い出し
たのが、「土木遺産」として３年前国から認定され
た JR 上越線清水トンネル関連施設群。基の基で国
の発展に寄与してくれた、ガッチリ骨太の究極の用
の美を呈する、ライフライン直結という超越した立
場の「土木遺産」には、各地で目にするたび様々な
時代を感じて胸打たれます。写真はかつて清水トン
ネルを、先頭車として勇敢に地球61周分駆けてきた

(T-T)、私が撮った EF16型電気機関車のアップです。やり抜いた迫力があり
ます。ご苦労様です！

2020/03/04 (水)

誠実

つい先日（先月末 DAYS）で「宗教を超えて」と書いていてふと思ったこ
となのですが、鈴木大拙は菅原道真の「心だに　誠の道に　かなひなば　祈
らずとても　神や護らん」を引き合いに出し、「誠実に徹する時は宗教は自
然とそこに在り、その宗教にはキリスト教、仏教と名前を貼らなくていい」
といった旨のことを著書中で述べていました。自分の存在意義などに誠実で
いることが大切で、大拙がそのあたりを心の活力の源となる宗教の性質とし
て捉えていることに感じ入るものがありました。このことは父母にもたくさ
ん質問した憶えがあります。そうそう、昔から両親の折々の姿、背中を見て
きて、情に厚く正直で人に優しい誠実な両親を尊敬してまいりました。私も
……と、日々、自分なりに常に周りに誠実であろうとして生きてきたつもり
ですが、果たしてどうだったのかはわかりません。今また「誠実である在り
方」の真の意味も考えているところです。大拙の説く霊性も思い、本当に悟

るには人間が持つ時間はかなり短いのだとつくづく感じているところです。今日は冒頭、道真の歌を載せたので、大拙の句で終えることにいたします。

日本的　霊性生死　露涅槃　（鈴木大拙）

自我

柊のようなトゲのある葉があり、南天のような枝、実なのでついた名前だそう。要するに柊南天は、柊と南天に似ているから、という理由そのままで呼ばれてしまいました（-.-;）。写真は黄色い花ですが、実は思いがけず黒くなります。ブルーベリーのような白みがかった糖衣色に変化（成長）するのも個性的、花言葉（「愛は増すばかり」）だって魅力的！

2020/03/08（日）

時空超え

屋根の時計も正面左の時計も違った時刻を指しています……。まだ夜浅い刻、骨董品店店頭。ミステリアスな何かが始まりそうな……。それとも今朝「夢から覚めないで見た夢だよ」と、目を開ける直前、夢見ていましたが（笑）、その続き？　2020/03/09（月）

10の価値〜満月に祈る

今日は10日。「10」は「多い」「全体」「完全に在る」という意味でも使われる言葉ですよね。「堪忍5両　思案10両」「1を聞いて10を知る」……。満たされたこの数字に願いを込めます。昨夜は満月にまたこの世界的な新型コロナウイルス拡散の早期収束を祈りました。そう思い立って月を探した途端、空の一部が明るくなってきて満月の在り処を示してくれたのです（写真2枚目）。また、このチリワイン「LE DIX2015」（写真1枚目）は当たり年といえる辛口フルボディのチリ産赤ワイン。名前の「LE　DIX」はフランス語で「10」の意味ですが、これはチリでのこのブランド（シャトー　ラフィット　ロートシルトがロス　ヴァスコスと組んだ）の歩み10周年を記念して名付けられたものです。期待は裏切りません（＾＾）。　　　　　2020/03/10（火）

昨夜18:17。雲の裏、1箇所にキャンドルが灯った感じで、まだ月は見えません。

1分後、18:18。

18:22。ようやくそのヴェール全てを脱ぎ去ってくれました！

18:26。この穏やかな月光を浴びていましたら、月が信仰の対象であったこと、充分に納得！

昨夜は夫の帰りが遅くなる予定でしたがその割には早めに帰宅できて23:30夕食時にも満月の話を。市内のYさん宅のとれたて里芋（写真6枚目）をたっぷり入れたお味噌汁、夫はおかわり。蜜たっぷり甘い安納芋（写真7枚目）も出したので、「なんだか季節反対の秋の芋名月の雰囲気だね〜」と……。

食後の、名付けて「お月見ショコラ」。天体中、いちばん手前が月のつもりです（＾＾）。

ソウルマウンテン

富士山もですが、父は故郷　長野の浅間山も好きでいつも心を寄せています。ですので私は外出先で見かけると「撮って父に見せたい！」と常に思っているのです。私自身も特急時代からの「あさま」号に乗り、長野と東京を学生時代から何十年と往復する車窓から浅間山を見てきました。毎回目に映った瞬間は嬉しさで息を深く吸って、心の中「故郷に帰ってきた」と叫んだのでした（笑）。今、晴れた日中、在住市内から見える男体山は遠目なので山の形が方向によって見受けられる浅間山と似

ていることが度々あります。鮮やかで美しい姿に一瞬大喜びでiPhoneを手にしてから、浅間山ではないことがわかって、「故郷の山の代わりに慰めてくれたのね」と思いつつ父に見せられないのでがっかりすることが多かった……。しかし、今日の写真のこれは正真正銘、間違いなく浅間山！　夢中で私、車窓から撮（先月）。やはりソウルマウンテンの一つです。私と家族の絆、想い出の象徴でも居続けてくれています。そしてもう一つ (// ▽ //)……、「ささやかな地異」と浅間山噴火を恋の詩で表した立原道造はそこでの恋と呼ぶには繊細な関わりを通し当時高校生だった私に衝撃を与えてくれましたが、その時からごく近い未来に我が身に起きた、今では遠い彼方のちょっと不器用で精一杯の恋も、この山は思い出させてくれるのです。

2020/03/15（日）

母の数独と七つ道具

解く過程で数ミリの数
字を消す消しゴムと
いったら、私が持てな
いほど小さい！　徐々
に大きくなっていく、
この消しゴムライン
ナップの使い分けも器

用。これらを使用して尊敬するほど早く、楽しそう〜に母は答えを導いてい
きます。十数にも重なる多重ナンプレも!!　連結合体リレーナンプレも!!!

2020/03/17（火）

山葵、育つ

この冬泊まった麓のお宿で、山から出る水を館内に
引き、ダイナミックに山葵を育てていらっしゃいま
した！　驚きました。

子どもの頃から家族で訪ねた安曇野の山葵園の山葵
は……多分そろそろ白い花を見せてくれている頃
……。大人になって自分が家族を持ってから2歳の
息子を挟んで夫と入った足を透かし揺らす清く冷た
い水のあの山葵田が思いっきり笑う様も……懐かし
い……！　ああ、山葵メモリーはどれも甘く、しかし山葵のようにツーンと
鼻がしてきます(T^T)。

2020/03/18（水）

砂糖壺ピアス

私の小さな砂糖壺。お砂糖、たっぷり (@_@)！　も

うこれからちょっと動かしただけで甘いロココ調
壺からこぼれてしまいます!?　私の耳元でこの
１㎝の砂糖壺、今日もブンブン振られていたの
に、よく保たれていましたね〜（笑）。
西洋アンティークや民芸の砂糖壺、昔から好きで
した。好きな絵のモチーフの砂糖壺といえばポール・セザンヌ。木から離れ
てゆっくり熟そうとしている果物と一緒の２点です。こんな密かに「何かあ
る」、物語性漂う砂糖壺の存在はラベルのオペラ『子供と魔法』にもキャス
ティングされてもよさそうです。仲間の愉快にお喋りするウェッジウッドの
ティーポット、中国茶碗なども登場しますから。実際、主人公の少年が怠惰
なためお母さんに罰として砂糖の入っていない紅茶を与えられ反省を促され
る場面がこのオペラ冒頭にあります！　いい子になった彼に優しいシュガー
ポットが自らお砂糖を一匙、微笑みながら紅茶に入れてくれる、とか……
は、いかがでしょうか。　　　　　　　　　　　　　　　2020/03/20（金）

春菫色

この春の宵映えヴァイオレットはお店の明
かりのブルー部分のさりげない協力もあっ
て完成した私の誕生石色でもあります。思
いついてすぐに試してみたことが意外にう
まくいく時もあるものですよね。マティー
ニ→シャーリーテンプルを注文しておい
て、カラー＆テイスト計算し（笑）減った
マティーニの分シャーリーテンプルをイ
ン。「ジンとレモンスカッシュでできたジ

ンフィズが美味しいのだからマティーニのジンとシャーリーテンプル（写真
二枚目）のレモンスカッシュに、ベルモット＆色貢献グレナデンの香草果風
味アクセントはアリ」と一人勝手にふんで、そっと愉しみたかったのです。
昔、自分で今頃自宅キッチンで夜よく作ったハーブワインのことを思い出し
ながら。　　　　　　　　　　　　　　　　　　　　　　2020/03/22（日）

春逐鳥聲開

１枚目の写真は昨年の京都。「こ
こ京都で古くから親しまれた愛宕
山の湧水で〜」と満面の笑みで説
明しながら私のテーブルにサーヴ
してくださった瞬間です。ご用意
してくださったのが竹筒水だった
のも嬉しく、なにか切子さん方の
想いも伝わってくるようで……。
迎える季節の爽やかさの前触れと

して、「自然」が身にしみこんでいくような快さも感じていました。この時も頭に浮かんでいた「春逐鳥聲開」＝「春は鳥声を逐って開く」。春が鳥の囀りを追って来てくれる、そう、「美しい前触れが物事には存在する」という禅語。今、ソメイヨシノが1年間の準備ラストの厳しい冬を耐えた結果、いよいよ開花、満開に向けて美しい生命力を見せてくれている最中ですよね。この、あらゆる命が輝き出す季節の前触れと、皆で忍耐し努力して力を合わせて国内新型コロナウイルス拡散がある程度抑えられているという事実を重ねて、きっと乗り越えられる！と思いました。

2020/03/23（月）

大蛇口

昨日たまたま自宅でテレビの前を通った時、母校藝大の卒業制作に「蛇口」をテーマにしたオブジェを作った女性が紹介されていました。私はその後すぐにその場を離れなければならなかったので詳しくはわかりませんが、蛇口は「蛇の口」と表されることに着想を得て、十二支の蛇口を作られたようです。確かに「蛇口」おもしろいですね。名前も「蛇行」のように蛇の行動から名づけられたのなら水道管含め長〜い、水が送られてくる管の道のりの姿からとった言葉で、その水のいよいよ到達した出口だから蛇口……(^^)。ジャグチ……、イメージが喚起されていきます。
写真はつい先日撮った、隣市の水道屋さんの大蛇口オブジェ。水を手で受けとめて節水を呼びかけています。

2020/03/28（土）

タラの芽の天ぷら

実家の裏庭にある、タラの木の棘を思い出し
ていました……。タラの芽、あけび、山椒、
ふきのとう、ふき、さんしゅゆ……と、実家
の裏庭は四季、宝箱のような楽しさでした。
「たらの芽の棘だらけでも喰はれけり」（小林
一茶『八番日記』）を思い浮かべながら「美

味しいからせっかく出てきた若芽を守るために棘を持つ進化をしたのだろう
なぁ……、ごめん」と棘に注目、感心しながらも容赦なく採って天ぷらにし
ていましたね〜。昔から大好物でした。ああ、一茶で思い出しましたが、一
茶の里の春は雪の清めの痕がみずみずしい記憶。三寒四温が鮮やかに繰り返
され素直に弾んで季節が進みます。実家のある長野市から近いので四季折々
足繁く訪れておりました。夏は決まってこの信濃町、一茶記念館の辺りに家
族でとうもろこしを買いに出かけ、弟とその場で焼きとうもろこしを頬張っ
て……。……今年の新しい若芽がかなり古ーい記憶を引っ張り出してきてく
れました (^^)。　　　　　　　　　　　　　　　　　　2020/04/03（金）

地球の水面

宇宙から地球を眺められたような気がした水面
を撮りました。この写真は数ヶ月前、旅行に
行った時のものです。砂の紋を創る岸（水の足
跡）も、水に揉まれて粉々になりキラキラ漂う
金片（枯葉）も神秘的で地球的!?　今、地球
を覆う不安、新型コロナウイルス拡散が一刻も
早く収束、この感染症が完全に終息しますよう
に!　写真を観ながら、改めて祈っていました。

2020/04/04（土）

きぼうのきいろ

黄色は希望の色です。アメリカにおけるイエロー・リボンは元々、戦地に向かう恋人の無事を願ってのものでしたよね。日本でも、第1回日本アカデミー賞各賞に輝いた『幸福の黄色いハンカチ』の黄色に因んで日本テレビの『24時間テレビ「愛は地球を救う」』Tシャツのメインがずっと黄色なのだとか。まさにそうした愛や平和への祈りの象徴の黄色にあやかって、この黄色天空ケーキ（写真1枚目）に、地を黄金に染める恵みの太陽（写真2枚目）に、今日も全世界が新型コロナウイルスとの戦いに勝って前進し完全に立ち直る日が早く来るように祈っていました。写真2枚目は落暉が、もうじき玉苗が無邪気に踊る田の水に映え、お天道様との希望の道筋を地に示してくれていたところを撮。今回の新型コロナウイルス感染症拡大で多くの尊い命が犠牲になり大ダメージを全世界が受けている事実を前に、私たちがこの感染症との戦いの過程で得た教訓や効果的実践などを次世代に少しでも多く生かせるようにすることができれば、せめてものの救いとなります。前向きに、お互い頑張りましょう！

2020/04/05（日）

SANSHUN-SHUN

じっとしている水の中。時々、交互に居住まいを、
ごそっ！と正す浅蜊たち。「三春」の、「旬」の、今
のこのエースたちを昨夜、撮。これは今朝のお味噌
汁のために砂出しを始めたところで、この後キッチ
ンの灯りを消して寝室に向かいましたが、私がいな
くなった途端、浅蜊たち、暗闇で一つ深呼吸し、そ
の後一晩中ガンガン歌い踊っていたのでは……？と
勘ぐるくらい、今朝は水が濁っていました (^^)。
一つとして同じ顔（模様）はない彼らの、この吐い
た砂粒が在ったところは……、彼らがここに来る前の住まいの海は……、引
越し前日の満月直前の浜は……、どんな様子だったのでしょうか？　彼らは
どんな波音を聴いて過ごしていたのでしょうか？　　　　　　2020/04/08（水）

オランダハッカ

和名オランダハッカ＝スペアミント。「ハッ
カ」と耳にすると即、郷愁に浸れます。子ど
もの頃、優しい祖父母の家にハッカの飴が
あったり、祖父母がよく連れて行ってくれた
お菓子屋さんのティールームの、銀色のアイ
スカップ上の丸いアイスクリームにさくらん
ぼと一緒に添えてあったり。「ハッカ味が強
いからスッとし過ぎて弥恵にはどうかな？」などと祖父母が話していたり、
そこから派生してかわいがってもらったことを思い出したり……するからで
しょうか。オランダハッカは江戸時代にオランダから伝わったのですが、そ
れよりもっとずっと昔から日本の暮らしの隣にいつも在り続けてくれたよう
な気がするほど身近な存在ですよね (＾＾)。そういえば昨日はセリをここに
載せましたがパセリ（セリ科）の和名はオランダゼリ。オランダつながりで
今、思い出しました（笑）。こんな身近なキッチン・ハーブをはじめ植物を
愛おしみその時時の恵みに触れる度、今、新型コロナウイルスの脅威で命の
危険と隣り合わせにいる世界に常に緊張している自分の傍に、変わらず営み
続ける彼らの世界が寄り添ってくれていることを感じて……ホッといたしま
す。

2020/04/15 (水)

1970年代風レトロ・フラワー

今、70年代ファッションの意匠、気になります。今日は傘の手入れをいたしましたが、この、今、お気に入りの傘（写真1枚目）も広げて70年代風レトロ・フラワー＆水玉柄、楽しんでいました（^^）。70年代の雰囲気で今、新鮮、大切にしています。写真2枚目は昨年、登山の起点となる麓の宿で朝、宿の方が淹れてくださったコーヒー。カップは選べました。この頃からやはり70年代が気になっていたのか、山の朝日のなか大自然の懐にいる朝の喜びでいっぱいな私は70年代風の自然回帰的カップを選びました。すると、隣にいた家族もなんとなくリンクしているものを選んでいた気がします……（笑）。

2020/04/16（木）

タコビッチ

時間をかけずサッと買い物をしてこれるように、買ってくるものの名前の頭の一文字ずつとった「タコギッチ」を繰り返しながらお店に向かいました。「タコギッチ、タコギッチ……」と言っているうちに、いつのまにか「タコビッチ」になってしまいました。お店に着いて、「あれ!?　ビってなんだったっけ?」。作曲家ショスタコーヴィチに近い音だったからでしょうか。そのまんまそれぞれのフルネームで普通に覚えていった方がよかった、です……。

2020/04/17（金）

サーカディアンリズム

今月に入り生活リズムが少しずつずれてきていました。夜ベッドに入る時間が遅くなったため起床時間が遅めにずれ込んで、それがまた悪いことに朝の家事にあまり影響を与えていないと感じ自分の中でいいとされてきている傾向にあったので一念発起、今朝から調整開始。早めに起きてルーティンスタート、荒療治気味でしたが一日目としては、まずまず……（笑）。陽光気持ち良い今朝は穀雨入り。八十八夜近いことをしっかり感じられる緑色が逞しくなった庭木に、頼もしい緑陰に、しっかり起こしてもらえました。昨日の雨で洗い立ての青空が葉の間からのぞいています。リズミカルに胸も弾み出し……。サーカディアンリズム、意識して過ごします。　2020/04/19（日）

メダカ何代目？

おかげさまでこのブログを始めて13年経ちました。毎日、読んでくださっている方々がいらっしゃるとのこと、大変恐縮で……本当に感謝でいっぱいですm(__)m。ありがとうございます！　始めた当初からメダカ、度々載せさせていただいているため、皆様から我が家のメダカが元気かどうか、よくメッセージをいただきます。ありがとうございます、彼らは大変元気で、写真１枚目のように今日も餌をパクパク夢中に頬張っていても、歌い出すと食べながら反応良く私の方に寄ってきて聴いてくれているのも変わりません（笑）。ずっとこのメダカ家族と共におりましたから、皆様にご紹介してから彼らはもう何代目になるでしょうか？　我が家のメダカたちは

比較的長生きなのですが、結構なメダカ家族史だと思います。その間もメダカ家族により良い環境のため思い切って自然に近くしてみたり、部屋、水温、水草の種類を変えたり……私も試行錯誤しながら共に楽しく過ごしてまいりました。ちなみに写真２枚目は10年前くらい。ああ、そういえばご家族を亡くされたおじいちゃまから請われてお嫁に出したこともございましたね〜。最近で最もエキサイティングな出来事は、５年ほど前だったでしょうか、生殖細胞が精子になるか、卵子になるか決定する遺伝子が脊椎動物で初めてメダカで発見されたこと!!　私にとって衝撃的で、その新聞記事を嬉々として手にして水槽に報告し、しみじみ彼らをじーーーっと見て観察、それから我に返って記事をスクラップしたことも思い出されます。

2020/04/22 (水)

田植え日和

今朝、今期初めて市内で「田植え」に出会いました（写真1枚目）。ああ、もうそんな時期……。季節がちゃんと巡っていること、なんだかとても頼もしい気がして、今、新型コロナウイルス感染症拡大防止のために皆で懸命に立ち向かっているところですが、改めて自分にできることをしっかりして日々前向きに頑張っていこう！と思いました。……風に玉苗そよぐ様（写真2枚目）にも癒

されます。遠くから応援する様な気持ちで「田植え、お2人でいい感じで頑張っていらっしゃるわ〜」とその共同作業を見守りながら徐々に近づきましたら……赤いお帽子の手前の方は手を出さずに監督のようにお仲間を励ましているだけの様子……。あれ!?……この方はカカシさんでした。　　　　　　　　　　　　　2020/04/23（木）

迷宮で目眩

 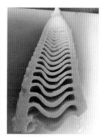

いただいた筍を下処理。毎春のように、皮を脱がしていく作業は香りを愉しみながら順調に済みました。半分に切って現れた筍のこのユラユラ・ラビリンス、どこまで登っても抜けられない仕掛けられた罠に見とれていると、小さくなって吸い込まれ、迷っていきそうで目が回ります（笑）。今日のおやつのボンボンショコラ、プラリネ（写真3枚目）の名も偶然、「目眩」でした！　2020/04/25（土）

アマビエ

厚生労働省の新型コロナウイルス感染症拡大防止の啓発アイコンのモチーフは江戸時代から伝わる妖怪「アマビエ」。弘化３年４月中旬（ちょうど今月ですね）熊本に現れて「疫病が流行ったら自分の姿を人々に広めるように」と言い残して去ったという妖怪で、この伝承にあやかり新型コロナウイルス感染症拡大の今、ウイルス打倒への祈りで、山梨県立博物館所蔵　江戸時代文献『暴瀉病流行日記』中　ヨゲンノトリ（頭が二つある鳥で伝染病を予言）とともに注目を浴びています。アマビエは京都大学附属図書館所蔵の瓦版（写真２枚目）の絵に

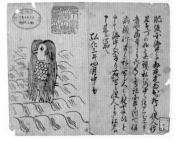

よると半人半魚のどこか愛嬌のある姿をしています。ちょうど今、テレビＣＭに「スマホッ首」という妖怪が出演していますがこの現代妖怪（笑）の絵も見る度新鮮で面白くて飽きません。以前もこのDAYSに書かせていただきましたが、妖怪、特に変化、変身する妖怪が好きです。

アマビエが姿を現した江戸時代、嘉永の前、天保の後の「弘化」といえば弘化４年に故郷長野市の善光寺地震も起こりました。大変な被害が伝わっているこの地震の、先祖から伝わってきているその時の様子を祖父母から子どもの頃聞いたものです。こういう天災や飢饉の被害にこの頃の人々はアマビエのような存在を頼ったのですね。一説によるとアマビエは同種の妖怪アマビコのことではないかといわれており、アマビエと毛髪が長い全体像が似ている猿のような尼彦、また、明治時代になってすぐ新潟に現れたという天日子尊（アマヒコノミコト）と名乗った、天津日子根（アマツヒコネ）などの神の使い（？）の妖怪だと私も感じています。アマヒコは、「アマ」はアマテ

ラス（天照大神）、「ヒコ」も福岡県と大分県境の霊山、英彦山（彦山＝ひこ
さん）ご祭神がアマテラスの息子で「太陽の子＝日子」で彦山になったとい
う伝承など多々ある説を引き合いに出すまでもなく日子妖怪なのではないか
と推測……。ああ、今、霊山と書いていて思い出したのですが、柳田國男先
生のご著書のなかにも、ヤンボシ、ヤンブシという人影のようなお化け（昔
は暮れてくると外は暗くて闇……、ましてや雨が昨夜ようにしとしと降った
りすればますます人の出も少なくすれ違う人の顔もよく判別できなくて怖
かったのでしょう。恐怖心からこんなお化けに見えてしまったりしたのかも
しれません）と修験者、普通はヒコサンといわれていた山伏とを同じ呼び方
をする地方のことがでてまいりました！　妖怪の中でも神様との接点を持つ
曖昧な一部の存在、面白そうです。とにかく、夢の翼をどこまでも広げさせ
てくれるアマビエに新型コロナウイルス感染症終息を祈りながら、いい香り
のアマビエ珈琲（写真1枚目）を淹れました。　　　　　　2020/04/28（火）

新月麦

今の時期はここが、一番風を見せてくれると
ところ……。数日前の新月の麦畑です。今年で
最も地球に近い満月を今月初旬に迎えた時
には、このサワサワ群衆が（来月の「麦の
秋」にはザワザワ音が快い）それぞれ、引力
で液胞に水を吸い上げさぞかし伸長したこと
か！　しばし想像の世界へ……。上へ、上へ

の目線から、新月でリスタート、落ち着いてそよいでいました。

　　　　　　　　　　　　　　　　　　　　　　　2020/04/29（水）

Lift your head, hold it high.

今朝、家のキッチンでジャスティン・ティンバーレイクの声が流れていました。繰り返される一節が体当たりしてくると
心がシャキッとして踊りだしました。

Just try it for yourself
The clouds will open up
Blue skies are willing

お話ししたセリ (DAYS2020.4.24) もこんなに大きくなりました。今朝一番にまず目に入ったのは、この、朝陽方向に頭を向けた貪欲な背伸び。まさに歌詞の通り "Lift your head, hold it high" と私を励ましてくれているようです。Don't give in！と直球も……。ウイルスに負けない、降参しない！ 皆様、お互いに粘り強く頑張りましょう。 2020/04/30（木）

イベルメクチン

昨朝、北里大学 大村智先生のイベルメクチンが「新型コロナウイルス感染症に効果 米ユタ大が報告」とのニュースが世界に希望の光を降り注いでくれました。しかもほぼ通常の投与量で大きく死亡率を下げる結果が出たのだとか。夜も、伝えた TV 番組でキャスターの方が「（この感染症は）いつか必ず終わりが来ることがわかりました。どうか皆様、残りのステイホーム週間の日々を元気にしっかり頑張りましょう」といった旨、力のこもった声でおっしゃっていました。思わず「はいっ！」と返事をした私です。
写真は大村先生の北里研究所入所まもない頃の、北里大学助教授になられる4年前のお写真。これが載っておりますのは、以前も私の本棚の愛読書の1冊としてこの DAYS でご紹介したかもしれませんが馬場錬成著『大村智2億人を病魔から守った化学者』 という大村先生の評伝で、また今、味読

しているところです。この自然体でリラックスな
さっている若き先生のお写真はなんとなく表情や
姿勢から奥様がお声をかけた瞬間お撮りになった
ものでは？と感じ、この本の中で私が特にひかれ
ているものです。5年前ノーベル賞受賞のスピー
チ中、大村先生は亡き奥様のことを「妻はよく支えてくれた」とおっしゃっ
ていたのが印象的でした。大村先生の研究生活を時系列で追う章では北里研
究所所長になられた際も奥様が「研究は何があっても続けてほしい」とおっ
しゃっていたことに触れていて、海外でもホームパーティーで研究スタッフ
を明るく、かいがいしく歓待したりウェスレーヤン大学化学科の教室で日本
のソロバンを紹介したりなさる奥様の素敵なエピソードがこの評伝のあちこ
ちに散りばめられています。先生が挑戦できたのはそうした奥様の励ましに
よるものも大きいのだということが感じられて、「素晴らしい！」と鳥肌が
立つ箇所です。また、「素晴らしすぎて鳥肌」といえば大村コレクション。
埼玉県北本市の北里大学メディカルセンター病院は大変密度が濃い美術館で
す。初めて訪れた時には驚いて息が止まりそうでした。そこでの患者さんへ
の愛も思えば……尚更意味深いですよね。大村先生は芸術と科学の普遍的共
通性も指摘なさっています。芸術に対するこうしたお考えにも音楽家として
大きく心を動かされるところです。　　　　　　　　　　　2020/05/01（金）

春霞夕焼2020.5.1

昨夕、撮りながら、想像など到底出来ないは
ずの羽衣の清淑美に浸っておりました……。

春霞。たなびきにけり久方の。月の桂の花や
咲く。げに花髪、色めくは春のしるしかや。
　　　　　　　2020/05/02（土）

土と炎と太陽と

写真２枚目は昨日の夕陽。この４分後には沈んで姿丸毎見えなくなってしまいました。偶然、目にした色と動静に郷愁共々染まっていると、自分の本棚の、備前焼　人間国宝の藤原啓評伝(写真１枚目はその表紙カバー写真、「窯の炎」)に久しぶりに会いたくなりました。備前焼独特の窯変の美を中学生の頃、初めて母が話してくれた時、火による芸術、炎と土の一期一会の様にとても心惹かれました。実家にあった備前焼の壺も今見るのとはかなり愛でる感覚が違っているのは私も年齢を重ねたので自然なことなのですが、当時は登り窯

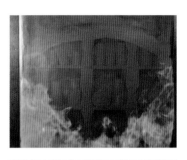

を思い浮かべながら感じた神秘と迫力のようなものと無釉の肌合いになにか「情熱を持って生きたい」と胸の奥底で思ったことはよく覚えています。その後母に連れられて窯元で登り窯を見学させていただいたり、ちょっと焼かせていただいたり、も……。今、振り返れば大人になってからではない、子どもの頃だったからこその恵みだったと思います。懐かしい……なんてもんじゃないほど懐かしい……（笑）。自然と一体化して生きている根源的な自覚、その頃の時代の気分に再度目覚め、今ここで活力を与えてもらいました。

2020/05/03（日）

花屑

家の椿、今年は花が例年より多くしっかり咲いたと家族で噂していたのですが、少し前にほとんど散ってしまっておりました。それが、昨昼、奥の方にチラリと赤い光が。「あら！　まだ残っていたの？まさか今年最後？」と顔を近づけて確認すると……花屑となって落ちる前に枝に引っかかってしまっていた一輪でした。他の花は家のアプローチのコンクリートの上に咲いているかのように、花びらに分かれず直に落ちていましたのに……。それらは哀しいほどに艶かしく、花屑というにはしのびないもので、私は見つける度「地に帰してこそ」と、庭土の上に置き直していました。

2020/05/04（月）

素十

我が家の芹、こんなに大きくなり、とうとう、これから汁物に入れることにいたしました。「芹」は高野素十の主宰した会。ここのところ、土の用の美（DAYS 一昨日2020.5.3）、2015ノーベル賞受賞北里大学　大村智先生が土中から発見したイベルメクチン（DAYS2020.5.1）、生き物が帰していく土（DAYS 昨日2020.5.4）、そして、玉苗、田植え（DAYS2020.4.23）と、土に関する話題が多かったせいもあり、素十の句「苗代に落  ち一塊の畦の土」を思い出していました。素十は客観写生で高浜虚子の後継者として有名ですよね。私は自然に対してカメラレンズを覗く心が無駄なく切り取られているような素十の句には独特に想像力も掻き立てられて好きです。そのままの言葉の恵みが高度に昇華される様と人間に古代から生物を育ませ道具を与えた土の持つ人智を超えた力が相まってこの句は心に効能高い薬のように感じられます。語順も土の「魂」感じます……。思わず表情も緩みます。

2020/05/05（火）

月映え育つ

満月＝種まき日和。満月（フラワームーン）の恵み
をいただける昨日は、このDAYSにも書かせてい
ただきましたように昼間、庭に種まきをいたしまし
た。昨夜の満月は上がり始めから気高く華やかな印
象。こうして田植え直後の田の水にも強く力を降り
注ぎ、道も示してくれました。ああ！　新型コロナ
ウイルスなど吸い取っていってくれそう……。祈
……。　　　　　　　　　　　　2020/05/08（金）

『Villa Triste』

６年前ノーベル文学賞を受賞なさったPatrick Modiano著の、『Villa Triste』との最初の出会いからもう４半世紀経つことに改めて驚いています。この長い間私は、主人公の夏のこの回想を、散々、想像＆妄想。お話は、スイスとの国境近いフランスのある湖畔の避暑地を舞台に、ある夏、主人公がそこで出会った男女と３人束の間不思議に近くなりやがて別れていくヴァカンスの様子。嘘や謎に満ちたあやふやな関係とそれらの醸すメランコリックな日常（同居する犬の性格までもアンニュイ）のある種のエレガンスを描いています。ですので題名はtriste（哀しい）ですが、悲しいわけではなくて憂いに満ちた記憶への旅、アイデンティティ希求なのです。緊迫したアルジェリア情勢、パリの雑音からこの避暑地のホテルへ逃避してくるハイティーンの主人公。彼が抱えている不確かな自己をもってするすかし方は、古今東西その時期を経てきた大人なら誰でも多かれ少なかれ軽く甘い悔恨とともに振り返るものだと思います。「若さ」ゆえの影で、事が「見えていない」感じ、小説中、隠喩として「霧」が素敵に使われていた気がします。主人公は「無為な日々」の中、朝の霧を「重力の法則から開放してくれた青い蒸気」と語っていました。アーサー・ミラー、ポーレット・ゴダード、エーリヒ・マリア・レマルク、マルティーヌ・キャロルなど実在する人物の名前も散りばめられていてより味わい深く、フラッシュバックする時制に揺られながら舞台のホテル中心に次々と現れては消えてゆく人々への観察眼描写の幾重もの波紋を楽しめます。この小説を読んでいると私が子どもの頃過ごした避暑地　野尻湖畔での日々の記憶に（場所も時代も違いますが）ちょっと朧げに重なります。それは旧くからの別荘地である野尻湖畔「外人村」という区域でのこと。木々生い茂る水辺から湖に住民の方々がよく飛び込んだりなさっている姿がまるで「洋画」の世界だったのでした！　そしてそんな方々とすれ違えば風になびく金髪とそこに動く影を作る葉ずれが眩しかったことを覚えています。もう少し時が経ち小説の主人公と同じくらいの年齢には毎夏クラスメ

イトと訪れる私達の高校の野尻湖の別荘で、言い伝えある湖水、鬱蒼とした雰囲気ある森と戯れ、毎回予想以上に完璧なクラスヴァケーションメモリーが生まれました。大人になり結婚して子供ができてからも毎夏、湖畔の高台にある好きなホテルに家族で……。胸の奥底大切にしまってある原風景がそこには在り、今も心の支えとしてこの小説をきっかけに思い出すのです。それにしても、長い歴史と誇りあるスタンスをふとした灯り薄い隅々に感じることができる旧いヨーロッパのホテルの雰囲気はいいですよね。ヨーロッパ中を駆け巡る往時のお客様方のご挨拶が目に見えるような空間、客人がホテルを育んできた伝統、……惹かれています。

2020/05/10（日）

ラマルティーヌとエクレアと

好きな西条八十作詞　橋本國彦作曲「お菓子と娘」の中に出てくるのは５月の水浅葱色の空に見守られながらエクレアを手にするパリジェンヌ。歌詞には有名なラマルティーヌの銅像も登場しますが、昨日のこのDAYS『Villa Triste』のラストにもアルフォンス・ド・ラマルティーヌの『湖』の朗読場面があります。

2020/05/11（月）

仁和寺の信楽

写真は昨年の５月（ちょうど１年前）京都の
仁和寺で撮らせていただきました信楽焼壺。
先日このDAYS（2020.5.3）で備前焼　人
間国宝　藤原啓先生のお話をさせていただき
ました。啓先生のご長男雄氏は同じ備前焼作
家になられましたがご次男恭助氏は信楽焼の
道を選ばれたのでした。その恭助氏のお弟子

様の児島塊太郎氏（児島虎次郎先生のお孫様）は織部、唐津を志向したとい
う事実には以前から心動かされておりました。この襖絵松のような世界樹＝
啓備前から豊かな造形世界が枝を伸ばしていたのです。そんなことを考えな
がらこの壺の前にしばしおりました時間を今、また思い返して、心地よい感
覚が甦り……。そこにいればいるほど、襖絵から３Dに引き立ってくる松の
幹が権化のように私には見えてきたのでした！　　　　　　2020/05/14（木）

二度と描けない五月の絵

昨年５月ちょうど今頃の散歩中……。ストックマン　オー
トクチュール　トルソーさんとツーショットで額縁に収
まってみました。　　　　　　　　　　　　2020/05/17（日）

内実、変幻自在

アルファベットのＯでも数字の０でもなく、かつ、そのどちらでもあるこ
のオブジェは時空を区切る壁の役割を果たしてくれていました。突然目の前
に現れたので驚きました！　一年余り前撮った、泊まったホテルのロビー
階、隅。幾つにも想像の翼を解き放たせてくれたお陰で今こうして感じたこ

とを思い返していても楽しくて……。例えば、これは
見えている部分だけでは未完で実は連続性のあるパイ
プが限りない可能性を秘めてこの先も「透明」で空間
に伸び続けている……。あるいは、時が満ちて完結し
て自然に納まった姿なのである……。あるいは、その
場の全て、ヒトもモノも心地よく包含して快い異空間
へ焦点を合わせている……。あるいは……、あるいは
……。……尽きません。楕円を形作るも切り口は正方形。でも反対側断面は
丸く変化しているのは生きている証拠で、鈍い鏡面仕上げの肌が（下からの
照明力借りて）金色に所々火照っているのはこの有機体の体温だったりして
……。もしかしたら、こんなふうに進化し続けることができればいいのか
なぁ……。意思強く、しかしカタチはいかようにも変わる準備が常にあり
……。ああ、やっぱり私がこだわりたいのは、肉体も精神も常に「柔らかく」
在ることです。　　　　　　　　　　　　　　　　　　　　2020/05/18（月）

夜の田植え

この夜が明けて新しい朝を迎えれば美しい苗の連
なりが気持ちよさそうにそよぐのでしょう。土作
りが終わり落ち着いている夜間の田は、湖面のよ
うに光が反射して輝いています。そして畔の存在
はより黒々と重厚に。畔は境界を示し、作業する
人のための道となり、水を貯めるために存在する
ことに改めて感心したりして……。進化してきた
我が国の水稲文化も誇りに思います。
「こんばんは。お疲れ様です。ありがとうござい
ます」　　　　　　　　　　　　2020/05/19（火）

ザワザワ色に……

風が見えるいつもの麦畑（DAYS2020.4.29「新月麦」）が、サワサワ音から実りのザワザワ音に。褐色に豊かに乾いて見事な変貌を遂げていました！　いい色になったツンツン矢1本1本の主張はとにかく元気。目にするたび愛しくて時間を忘れます。

2020/05/22（金）

へびいちご

へびいちごが筍と一対一、内緒話しているところに、ばったり。幼い頃「へびいちごが群生しているところにはマムシがいるから近づいてはいけないよ」と遊びにでかける時両親から言われていました。ですので未だにへびいちごに会うと、ドキッとしてしまいます（@_@）。特にこのへびいちご、辺りに他には見当たらず、一個だけ……。へびいちごは大体何個か固まっているので、一個だけ残っているとすれば……本当に食いしん坊の蛇が食べてしまったのかもしれません。そして一つ残したのは……このへびいちごを食べようとして近づいてくる小動物を狙うための罠？　……なんだか蛇が隠れてそっとこちらの様子を窺っているような気もしてきて怖くなりました。しかし、日々友だちと暗くなるまで野を駆けて遊んだ幼い頃の自分に即帰ることができるへびいちごはちょっと貴重な存在。出会えばしばし全身ノスタルジーに満たされます。　　　　　　　2020/05/23（土）

こちらはへびいちごではなく、昨日の霧雨シャワー浴びる苺。

118

フリ

さくらんぼのフリと林檎
のフリ。
旬のさくらんぼのフリをしている小林檎と、林檎の
雰囲気出しているさくらんぼ！

2020/05/25 (月)

夜の神楽殿にて

緊急事態宣言が全国で解除されて、一先ず本
当によかったですね。これからも充分に様々
気をつけて見極めながらみんなで頑張ってい
ければいいですよね！　音楽舞台、舞台芸術
も護られますように……！祈りました。

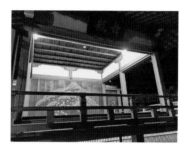

2020/05/27 (水)

シレネ・ブルガリスから

今月20日、TVでナデシコ科フシクロセンノウ（節黒仙翁）が紹介されていました。5月は母の日のカーネーション（オランダナデシコ）のおかげもあり日本でナデシコ科が特に目立つ月ですね。ナデシコ自体カワラナデシコ（ヤマトナデシコ）といい秋の七草で日本画の題材として目に浮かぶものが沢山ありますし、以前このDAYSでも日本神話の撫子のことを書かせていただきましたとおりナデシコというと大和撫子はじめ日本人独特の和のイメージを持つ方が多いと思います。が、ナデシコ科となるとコスモポリタンで大グループ、種類が多いのは地中海地域です。今、それで私は以前イタリア　ティヴォリで散策中に民家前の歩道と草むらの間で他の雑草とまとめられて倒れていた個性派のナデシコ科シレネ・ブルガリスを思い出していました（写真1枚目）。あの時、直後に歴史あるお屋敷中庭に作られた白い光の陰影の調和を受けとめな

カーネーション（オランダナデシコ）、長くもちました。

がら、アンティミストのアンリ・ル・シダネルの日常に添う同じナデシコ科の白いカーネーションを題材とした、『La Table harmonie blanche』（テーブル　白の調和）を抱き合わせるように肌身に感じていたのです。シダネルといえば薔薇、なのですが、この絵はテーブルに横たえられた三本の薔薇と歌いながらガラス花瓶から空間に踊り出すカーネーションがテーブルウエアと生き生きピュアなハーモニーを奏でていたのでした。確か、シダネルにはこの絵に先駆けてテーブルに横たえた三本の「薔薇だけを」描いたものもありました。カーネーションが入って日常の調和、より親密で象徴的なものを感じていました。

2020/05/28（木）

櫛名田比売

夕焼け小焼けに苗、そよぎます。昨日DAYSでは
ありませんが、撫子、櫛名田比売（稲田姫）に思い
を馳せました。

2020/05/29（金）

シナモン林檎

私はいつもいただく直前にもう一振り、シナモン、プラスします (^^)。先
程ドビュッシーを歌ったので喉休めにシナモン林檎トースト、この作曲家が
好きだったカスタード入り林檎パイにちなんでいただきました……。古今東
西、著名人の好物として林檎菓子はよく名前が挙がりますよね。文豪ドスト
エフスキーもパスチラ（林檎ピューレで作るロシアの素朴な焼菓子）好きだっ
たり……。昔々読んだ『The Apple Tree』（ゴールズワージー）を思い出し、
主人公の26年前の恋の記憶をかみしめなおしていたら……いつになく甘い香
りのシナモンがちょっとだけ苦く感じられました。

シナモン林檎トースト

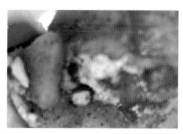
シナモン林檎カスタード

2020/05/30（土）

狛蛙と雷電と田の緑

市内の水宮神社さん、写真1枚目のように狛犬様
ではなく、狛蛙様が……。土地に伝わる伝説によ
り「蛙」になったとか。今日から6月。田の苗も
育ってきて目にアースカラーが美しく映えてまい
ります。蛙の声は田植え直前ピークに比べるとだ
いぶ安定。広い田には雷除けの雷電神社さんのお
札も。田に生きる、田と一体で生きる農家さんの
思いも伝わってまいります。カタツムリとともに
梅雨空の元気な主役の蛙は、前にしか跳ねないの
で縁起が良いのだそうです。皆様、お互いに前向
きにまいりましょうか……。

2020/06/01（月）

夜の移動おもちゃ屋さん

夜の海辺（イタリア）、ここだけ明るくて……灯を月と勘違いし飛ぶ方向を推し計る夏虫のように、知らず識らず吸い寄せられていました（笑）。

2020/06/02（火）

夏・心・旅

「記憶あるなしにかかわらず過去は確実に在り、未来は現在においての想像から作る余地がある」……と考えていたイタリア滞在中のある夕方。

2020/06/03（水）

庭で庭の実

昨年我が家で採れた梅の実を使った自家製梅ジュース。今年の梅の実たくさん結んだ木を眺めながらいただきました。昨日のように急に蒸し暑くなった日には特に、これから先必要な元気を体の底から呼び起こしてくれます（ˆ-ˆ）。

2020/06/04（木）

今夕母娘散歩

少し遠出のお散歩。今の季節の良さを全身で感じながら……。

2020/06/05（金）

ガサガサ色に……

サワサワ（DAYS2020.4.29）からザワザワ（DAYS2020.5.22）経てガサガサに。耳で聴こえる前に目で見て聴こえた声でした。昨夕私も緑に一緒に染まった水辺に季節を感じたばかりでしたが（DAYS2020.6.5）、今は麦秋の時でもあるのでしたね……。麦だけは秋色！　ゴールを迎えました（＾-＾）。　　　　　2020/06/06（土）

今朝作ったパスタ

パスタ要望に応えてウニパスタ。

　　　　　　　　　　2020/06/07（日）

夏椿2020

庭の夏椿、早朝にはまだ咲いていなかったのに、やはり独特……不意をつく感じで、今しっかり咲き現れていました……！　このトップバッターの一輪の目の前は黒や黄の揚羽蝶の通り道。今日も変わらず、賑やか！です。花は涼しい顔を向けながら「……忙しそうね」と呟いている様子。例年、誰かが先陣を切って咲くと次は「一斉」ですから、明日には木の方が、賑やか！になるでしょう。

　　　　　　　　　　2020/06/08（月）

夕霧草

入梅前の今は特に、密な霧の紫分子一つ一つに見入って
しまいます。華やかにこの花を感じたい時は傾城　夕霧
のイメージと、その絢爛たる簪と、重ねています……。

2020/06/09 (火)

やぶへびいちご

5日前見つけた、やぶへびいちご。「やぶへび（藪
蛇）」は「藪をつついて蛇を出す」に由来する言葉で、
かえって悪い結果を招いてしまう余分なことをいい
ますよね。子供心に印象に強く残っているのは、読
んでいた本中「やぶへびだぁ〜」と言いながら頭を抱えて逃げる男の子のイ
ラスト。その時この言葉を覚えたのでした。藪に怖い毒を持ついろんな蛇が
潜んでいるなんて「やぶへび」というと本当はとても恐ろしいはずですが名
前として「へびいちご」より「やぶへびいちご」のほうが怖くないのは、こ
の人間らしい言葉と、藪にいる生き物の仲間としての蛇という愛称でワン
クッション置いた感じだから、でしょうか。藪から棒ですが（笑）、「藪っ蚊」
にも注意する時期になりましたね。

2020/06/10 (水)

夜のゲイン塔

東京スカイツリーの先端ゲイン塔の色を遠目ながら密かに楽しみにしています。光り方、色の変化ばかりでなく、天候、気象条件によって大きさも全く違って見えるのにもワクワク。下の展望台の光のロンドもはっきり見える日も。昨夜は特に空気が澄んでいたのか、拡大したかのように手前に大きく迫って見えました (^-^)。東京アラートの街上空より、日本を広く見渡し守ってくれています。

2020/06/11（木）

梅雨味音

写真1枚目は、梅雨の今、旬の真鯵「どんちっちあじ」。今年は漁が遅れたとのことで予定よりも遅く昨日着きました。この浜田沖の真鯵は海流の関係でプランクトンが多く脂のりが良いことで知られています。焼ける音を楽しく受けとめながら「どんちっち」がその地（島根県浜田市）の方言で「御神楽」だったことを思い出しました。胸が踊るほど美味しいお魚だから名付けられたのでしょうか。

一方、庭の息子の梅の木、今年も沢山実をつけてくれました (^^)。大ボール2個分採れましたね〜。本当はもっと梅雨の雨に当たってもらってから、そ

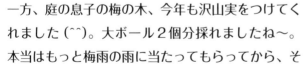

う、例年のように庭の、木のデッキの木琴を、自然に落ちていい音で鳴らせてくれるようになってから収穫しようと思っておりましたが、今年はだいぶ熟んでしまったものが目立ってまいりましたので本日収穫しました。

2020/06/12（金）

蝶々目線

梅雨晴間。

2020/06/13（土）

やぁ！

年頭、山の雪の朝、いきなり視界に現れ「やぁ！」と声をかけてくれた大きな雪の精（写真1枚目）。顔や関節などから包容力が溢れています（笑）。にこやかに風の便りを受けとっていました。この植木鉢でできたオブジェ、一見大まかに作っていそうで、よく見ると偶然生まれるワクワクが少し仕込まれていて、画家　香月泰男氏のブリキ片や木や針金その他廃材からの手作り玩具を思い出させてくれたのでした（写真2枚目、3枚目は香月泰男氏によるおもちゃ。私の愛読書より）。その題材となった人も動物もとにかくハッと息を呑むくらい命が躍動していて愛しく、表情豊かで思わず話しかけたくなる存在です。この画家が、主にこの時のような冬、スケッチなどに外に出られない時期に没頭した玩具作りへの想いを2020年年頭の空に確かめながら、生まれ変わった清らかな空気を愉しんでいたのでした。

2020/06/14（日）

La Ola

すっかり成長して稲間が見えなくなりました。突然風を受けて大きな波が！　メキシカン・ウェーブ、サンキュー。

2020/06/19（金）

源頼家界

近隣市、806年開山　真言宗智山派の普光明寺さんの境内、地蔵堂に源頼家が奉納した千体地蔵尊（秘仏）が納められています。写真の山門は享保の建立で扁額の文字は江戸時代初期の書家　佐々木玄龍の筆。山門の唐破風を見て深呼吸しながら一歩踏み出すと俗界との境のまさに「門」という存在、心に落ちました。歴史のなかで注目されて伝わっている頼家の悲劇を思いながら誰もいない雨の境内を巡っていよいよ帰る時には、時々通る「いざ鎌倉」時代の風情を感じさせる鎌倉街道枝道に回り道することを決めていました。

2020/06/20（土）

水無月に変身

葛でできている、独特の口溶けが楽しいアイスキャンディー「涼しん棒」（写真1枚目）。在住市内の和菓子屋さんから家に買い求めてきて皆でいただくところ（写真2枚目）。気温が高くても溶けにくいので安心してゆっくり味わえます。また、この涼しん棒、ブルーベリーを大納言と見立てて対角線で切れば見かけは今月末の夏越の祓にいただくお菓子「水無月」になります!?

2020/06/22（月）

さみだれぐも2020

五月雨雲が夕焼けをプレス、オレンジを濃く変えていました。山並みも存在感薄く、いつもの風景が絵のなかに沈んでいるようです。次に必ずやってくる「雲収山岳青」前向きに待てます（^^）。
2020/06/23（火）

Cara mia

この薔薇はイタリア語の名前がついています。愛しいひと、という意味。深い色はじめ姿全てが独特に存在感がある、古典的で落ち着いた雰囲気を醸す薔薇だと思っています。そんなこの薔薇が、薔薇によくつけられる人名として多いプリンセスや著名人の方々の名前ではなく、地球上でその時絶対の自分の恋人への呼びかけなのは、とても素敵です。……比較的長く咲いてくれているのも嬉しい……（笑）。
2020/06/24（水）

昔々の梅雨プリクラ

撮ってから十数年経っているためすっかり色褪せてしまったプリクラ写真。背景を選んで撮っただけで、当時、機械の操作もシンプルだった記憶があります。本日引き出しを整理中にヒョコッと出てまいりました。右から母、まだ小さい息子、私。親子三代、一緒に傘に……。そして見返り美人のペコちゃんが傘をさしてくれています。……ああ、ペコちゃんは永遠の六歳だそうですが、我々はこのホルダーを抜け出してあっという間に年齢を重ねてしまいました（笑）。　　　　　　2020/06/28（日）

学校スタンプ

このコロナ禍で、学齢期のお子様、高校生、大学生など学生さん方がいらっしゃるご家庭では、想像もつかなかった事態にお子様の健康状態はじめ日々様々ご教育に関して、先々までご心配なさっていることでしょう。拝察いたします。またPTA活動にいたしましても学校自体との連動で見直しを大きく迫られたり何かと難しい局面に行き当たっていらっしゃるのではないでしょうか。

昨日に引き続き、引き出しの整理をしていて、すっかり使わなくなったこのスタンプ（写真）をしばし眺めて考えておりました。この緑スタンプで、息子の学校の、私が役員をしていたPTA活動や学校行事、塾面談など私（親）の学校関連行事をパッと見てわかりやすくしていたのです。あの頃はいろいろ慌ただしく、これを含め、父母の通院の付き添いは赤い病院マークスタン

プだったりスタンプの種類が沢山あったので、手帳がいろんな色で賑やか。かなり前からできる範囲で調整してはいても「わ！　大変」と焦ることもありましたが、今はこの緑スタンプをすっかり使わなくなってしまったこと、いえ、使えなくなってしまったこと、ハッキリ言ってちょっと寂しいです。おかげさまで息子は社会人として、幼い頃から彼の夢だった職に就き、皆様にお世話になりながら日々頑張っているようですが……母親としてはここまでとにかく早かった！　子育て真っ最中の皆様、時はどんどん過ぎて子供の成長を間近で一緒に感じていられるのも実は長くはなく、子供を見守ってきた日々は振り返るとこんなふうに懐かしいものです。ですから、今は大変なこともたくさんあると存じますが、とりあえず思いっきり、お身体にはお気をつけになりながら全力で子育て、頑張ってくださいね。とにかく応援しております。今は特殊な状況。熱中症の季節も重なります。この新型コロナウイルス感染症が一刻も早く終息を迎え、教育の現場でもご家庭においても感染予防の大変な気遣いや極度の緊張が解けてお子様方がよりのびのび育まれますこと、心より祈っております。　　　　　　　　　　2020/06/29（月）

封印されていた若さ

毎年いただく知覧の新茶。令和元年五月頭に
摘んだ、新元号新茶を今。もちろん昨年、令
和のスタートとともにゆっくり味わい新時代
の幕開けを祝いましたが、その時、「ああ、
これからこの歴史的な一年を過ごした後も封
開けて、過ごした一年を振り返りながら令和
二年の新茶とともにいただこうかしら。一袋

はとっておこう」と思ったのです。とっておいた令和元年初摘み新茶、摘み
たてで真空パックした袋にハサミを入れ、まず一番の香りを愉しみ茶匙を入
れるとまだ柔らかい音がしてドキッ。控えめなサクッという音に封印されて
いた若さを感じました。湯呑でお湯を適温まで冷ましながら、令和という時
代の歴史的立ち位置に考えを巡らせておりました。今日から七月。令和二年
も後半に入りましたね……。

2020/07/01（水）

ダム

このところ、各地で危険な雨量が報告されていますよね。日本の降雨の常識
を覆すような勢いです。つい先日は1年間の雨量に1日で迫ってしまったと
いう地域もありました。昨年もこの様な豪雨に対し、調節のための判断が決
して簡単ではない事前放流、洪水調節が話題になったばかり。治水、利水、
それに観光地として、など、ダムは私たちの生活に欠かせないインフラで
す。母はアーチダムの代表、黒部ダム完成前（まだ母は未婚、ですので私は
まだ生まれていない頃の話）、稼働したらもはや人間が立ち入ることのでき
ない場所、ダム底などに案内していただけたそうで、よくその時の様子を、
まるで今見てきたかのように今でも興奮して話してくれます。その度に私は

現在の黒部ダムのあの絶景の見えない部分を想像してワクワクしています（ˆˆ）。ダムの高さはこの黒部ダムが日本においてトップ。第2位は昔、息子とダム見学に参加したロックフィルダムの高瀬ダム。初めて目の前にダムが現れた時の息子の反応は忘れられません（笑）。想像を絶するレベルの壮大さだと見る度私も思います。ダムの内部ツアー中は……音を含め、とにかく畏怖の念が……。かつて経験したことのないものを感じましたね～。そこでの説明でも日本のダムの技術レベルの高さがわかりました。現在、最新の型式は台形CSG（cemented sand and gravel）ダムで、合理的で環境にも良いダムだそうです。着々と積み重なる研究によりたゆまない進化を続けている日本のダムに誇りを感じ、ますます期待もしています。

2020/07/02（木）

月に渡る

昨夜は月の光がとびきり力強く、早い時間から目に入るたび見惚れていました。仲間と共に、月に待つ友に合流する姿。私も翔べました……。

2020/07/03（金）

蜃

先日、ハマグリの出汁を存分に愉しみたくなり
お吸い物にしたところです。紅葉狩の鬼女のと
きにこのDAYSでお話ししたかもしれない鳥
山石燕『今昔百鬼拾遺』。その中に収められて
いる「蜃気楼」で、妖怪ハマグリ「蜃」が煙を

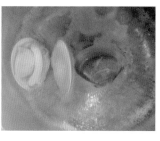

吹き蜃気楼を作っている図を思い出しながら作りました。ハマグリが口を開
けたとたん写真のとおり豊かな出汁を、九十九里浜を（笑）、鍋に煙のよう
に吐き出しましたので……。　　　　　　　　　　　　2020/07/09（木）

溶け方

先日は雨が降っていたのに西の空はこんな夕焼け……。2枚目写真はこの
ちょうど1分後なのですが、夕空が溶けていくのがあまりに早いのに見とれ
てしまいました。一旦、3枚目写真のように落ち着くまで、一気にドラマを
観ているよう……。諦めるように溶けて次々にほどけていく縁（フチ）は美
しいです。この後、家で淹れた夕方のコーヒーにはマシュマロを大胆投入
（4枚目写真）。劇的溶け方を、さっきの溶け空思い出しながら楽しみたかっ
たのです。

2020/07/11（土）

ストロベリー・ダイキリ

この薔薇は「ストロベリー・ダイキリ」。カクテ
ルのダイキリの名前をもらっています。だいぶ花
は終わってきてしまっていますが、カクテルのほ
うはこれからの季節、フローズン・ダイキリ中心
にますます愉しめますよね。先日果物言葉に触
れたばかりでしたが、ダイキリのカクテル言葉

は「希望」です。コロナ禍でもなんとか希望を忘れず皆で一歩一歩見極め、
気を抜かずにたまには息抜きはして頑張ってまいりましょう。この薔薇から
「リラックスの気」を受けとっています。　　　　　　　　2020/07/12（日）

粧う時間へ

今朝。アキアカネのメスの未成熟個体、羽化したて、か
しら……？　これから暑くなるのでしばらく山に旅し、
また会う時には完全に紅い粧い！　秋に染まり戻ってき
てくれるでしょう (^^)。　　　　　2020/07/13（月）

茶の街

先月、通りかかった近隣市。有名産地としてのお茶と
在る日常が、畑の中の工場の片隅や、ご自宅横の店の
灯に垣間見られ、人の動きが、まるで新茶一煎目適温
のような温もりを感じさせる夕方の風景でした。驚い
たのは「急須下取りセール」の幟！ 育て上げたお茶
を大切に思い、美味しく飲んでもらいたいというお気
持ちが伝わってまいりました。私はこの街を訪ねた
り、この時のようにわざと通りかかるのが好きです。
一番の理由は好きな詩人さんが昭和、平成時代をここ
で過ごしたから。この日も夜、かつて彼が散歩に出掛
けたという道の映像をまぶたの裏に再生していまし
た。眠りにつく直前まで……。

2020/07/16（木）

新しい住まい

今、新しい金魚鉢が届きました。梅雨の今、長老メダ
カたちに「住まい de 気分転換」約束していたので。
昨日から私、到着を待っていましたが、メダカたちに
も今はタイミング的に（餌やりをしたばかりなので）
引越しを待ってもらっています。これでまたみんなの
体色がさらに良くなってくれるような気がいたしまし
た。

2020/07/17（金）

産卵完了

昨日、あの後、メダカのお引越しを無事済ませ、数時間経った夕方五時前のこと。なんと、メダカが一匹、産卵し始めているのに気づきました。お尻についた卵を振り落とそうと盛んに腰を細かく激しく振っています。環境が変わって産気づいた!? 慌てて写真のとおり隔離し産卵させ卵がメダカのカラダから離れた後、元の新居に帰ってもらいました。子どもと離してしまいますが、卵は間違って食べられてしまう危険性があるので孵化してある程度大きくなるまでやむを得ません (>_<)。このメダカにとっては初めての産卵と思いもよらない二度のお引越しで相当疲れたかと……。様子を見ていると、しばらく底で静かにしていましたが、30分も経たないうちに何事もなかったように仲間と同じ波長で、ツーイ、ツイ! ああ、卵が水を動かし命の遅しい揺らぎを見せ極小ながら一端のメダカ・フォルムを誇る赤ちゃんが水を元気に切り出す姿に会うのが楽しみです。お母さんの待つ新居にお引越しできるまで大きくなってくれるのも!!

2020/07/18 (土)

夜の彫刻とヤモリ

野外の彫刻通りでは高田博厚先生の彫像
作品の夜の姿を観ることができます。家
から車で1時間かからないここへ来るの
が以前から好きでした。夜は、月明かり
と人の営みに必要な人工灯を得て昼間と
全く違う姿態を見せてくれること、そし

て私自身の想像力が増すため、最高です。これは『女のトルソ』(1965)。こ
の通りに数ある彫刻のなかでも特に好きな作品です。トルソーについては、
我が家のリビングの、私が藝大生時代に彫刻科の友人から譲ってもらったト
ルソー作品はじめ、いろいろ感じることがあり度々お話しさせていただいて
きました。「姿態や構造に過剰な『説明』がなくただ『黙って在る』ことが
それに接する者に『無限に語りかけ』てくる。これが美術の本質だ。言い変
えると首も手も足もないただの『人間の中心なる胴体』だけで『美』を示せ
る作家が本当の彫刻家だ」という言葉をこの作家は遺していますが、いつも
「自らの言葉を確かに、そして誤解なく作品に投影できるというのは素敵だ
なあ」と思いながら、作品を見えない6角形で囲み各辺に立ったりしながら
通りの風景とコラボさせて観ています。トルソーでは、生活や表現活動など
に人間がこまめに使う手足や考える脳を内包する頭の実体が省略されていよ
うとも（いるからこそ）もっと生命の美を表現できる部分があるのだと思い
ます。
写真2枚目は毎日会っている我が家の生きている彫刻、ヤモリです。今夜は
お腹がぷっくりしていて、私は実はホッとしたところ。昨日まではその前よ
り痩せていて母と心配していたのです。これは餌が獲れた証拠。重力の影響
で少し下に垂れてそれとバランスをとるようなこのポーズ。なかなか動こう
としない姿態は確かに美しい！と心動かされています。

2020/07/19（日）

新生児室

先日、この DAYS で我が家のメダカの産卵のお話をさせていただきました。実はあの直後から立て続けにたくさんの卵をメダカたちは産んでくれています！　私は採卵のお手伝いを少々。よすがの水草はじめそれらしく整って、今、新生児室は静かです。ほぐれた桑の実形状の卵は一粒一粒数の子のよう。お世話する時触れると透明な卵は思いのほか硬くて、強くて、生命を直に感じてドキッとします。誕生への期待、膨らみ続けています。

2020/07/20（月）

blue shade

昨日19:15、撮。

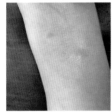

この「青」のムードに酔いしれて撮っていたら、自分の手足には点々、濃淡、このとおり、「赤」が……。蚊を喜ばせてしまいました。

2020/07/22（水）

め・め・め・め・……！

卵の中、既にメダカ仔魚の目が！

2020/07/23（木）

nostalgic blue

個性的なお顔はおなじみ露草。私にとって
は自分の小学校あがりたての記憶と重なり
ます。まだ軽いけれど大きなランドセルを
快く揺らしながら登校班の列に加わる私の
目に飛び込む、学校にもうすぐ着く直線道
路の脇に生えている露草……。蛍のようで、毎日見るのが楽しみでした。
「いってらっしゃい」と送り出してくれたのをよく覚えています。電気屋さ
んの空き地にさしかかるとそっと列から膨らんで露草のごくごくそばをわざ
と通りました。母も露草に関する昔々の思い出をよく話してくれます……。
身近なだけではなく、どこか人のその時の心にサッと寄ってきてくれる植物
なんですね。

2020/07/24（金）

pink red ～夏闇デカダンス

夜闇と雨とフラミンゴ。

2020/07/25（土）

凝視

今朝も昨朝も起床してすぐ寝ぼけ眼で水槽を
見ると既に卵をつけて泳いでいるメダカが
……。写真は昨朝のもの。このメダカの卵は
採卵した私の指を離れたままの姿でお行儀よ
く葡萄の房のように立ったまま波間を漂っ
て、今朝になるとゆったり底に横たわり憩っ
ていました。親のほうの水槽は今朝もお掃除

完了。皆、落ち着いています。横壁面から拡大鏡のようによ〜く表情も見ら
れて時間を忘れます。私とガラス一枚隔ててにらめっこ。彼らは瞬きをしな
いので負けそうです。まん丸の大きな黒い目が、私の黒目を見ながらまっす
ぐ近寄ってきて止まり「……それにしても大きなボス……」と言い放ち、見
飽きるとあっさり去っていきます。このところ毎日数えきれないたくさんの
卵が私により新生児室に運ばれます。作業中、静かに息も止めて気をつけて
いますが、あちらも水草の葉蔭から息を潜め無数の目で（DAYS2020.7.23
参照）こちらを凝視しています。確かに視線を感じます（笑）。メダカのお
世話、日々、お日様の光にも積算温度にもワクワク！

2020/07/26（日）

朝夜まだき

昨夕雷雨、明けた今朝は早くからミンミンゼミが鳴いていたので一瞬、梅雨明けのような感じがいたしました。しかし実際には関東は梅雨明け、来月にずれこみそうだとのこと。もう少しの辛抱ですね。そんななか、今朝はジョギング中、出穂を発見（写真一枚目）。我が家のメダカも夜明け前、さらに卵をたくさん産んでいました。昨晩寝る前に見て「ああ、この子たちは産みそうだな」と泳ぎ方でわかったので楽しみに起きましたら……期待どおり(^^)。いい朝です。

私にとって特別な朝まだきメモリーといえば登山。ご来光を仰ぎ、輝く笑顔の可憐な高山植物に語りかけることができる……。以前ここに載せさせていただいたかもしれませんが異次元へワープできるブロッケン現象の御来迎写真は宝物。頂3000mに身を置いただけで自分のなかのどこかが確実に生まれ変わるのをあたりまえのように感じます。また、都心の朝まだきの音の渦も大好き……。

つい先日。夏の夜まだき。
コウモリの高い乱舞。

2020/07/27（月）

八海山グラニテ

「休日」とは自分にとって一つ、この仏料理
コース中のグラニテのような感じも理想で
す。ごくシンプルにほんの一匙、口直し効果
劇的で、おまけに親しみやすい日本酒……。
2020/07/27（月）

昭和ホーム旅情

夕飯の支度中、ご飯を炊こうとして「あっ！　今日は夕飯の人数が少ないから、どうせなら……」と思いついて、今月頭に寄った上信越道上りの横川SAで買ってきた「峠の釜飯」の空き容器の益子焼小釜二つでガス炊きしました。何十年も前になりますがおぎのやさんのこの有名な駅弁の釜飯を、信越本線　横川駅で特急あさま号（あるいは白山号）の多くの乗客が短い停車時間にホームで長方形の木箱を肩から斜めにかけた販売員さんのほうに走った

り、車両によっては窓から顔を出して「すみませーん」とお願いしたり、楽しみに目指したものです。特急時代、下り方面、これから軽井沢を目指すために急勾配を牽引して登ってくれる電気機関車を連結する時間内でのことです。上りも今度は軽井沢で販売があったような……。毎回、いよいよ発車する時間になると販売員さん方が整列して帽子をとり、列車が動き出すとホームから列車が完全に見えなくなるまで何度も何度も御礼のお気持ち込めて頭を下げていてくださいました。私もその方々に手を振ったり車内からご挨拶したものです(^^)。越える碓氷峠はトンネルも多く急勾配で、欠伸を多くしないと……そう、耳がおかしくなる区間。実際この峠は道路も同じく難所。私も車を運転していて勾配きついカーブなどで神経を使い大変疲れる峠でした。昔はもっと大変だったこと、想像してはため息をついていましたね〜。特急の乗客としては、いよいよ県境を跨ぎ、故郷　長野県に入るため、高揚感で車窓に映る自分の顔が嬉しそうなのを面白く見やる時間でした。思い出しましたが、そういえば飯田線の駅でも美味しいバニラアイスクリーム販売があって停車時間に子どもの頃よく買ってもらいましたね〜。こうした駅ホームの旅情は人の体温も感じられて懐かしく思い出しては、まぶたの裏に描いて幸せな気持ちに浸っています。釜飯をいただいた後の小釜はまたこ

146

うしてちょっとだけご飯を炊くのに、特に本にも書かせていただいた大好きな蛸飯を炊く時によく再利用しています。今回の具は有り物で、帆立とシメジを炊き込みました。

2020/07/28 (火)

ムギカフェ

ご近所のカフェが夜8:00にサプライズのプロジェクションマッピングをなさっていました。つい先日、とっくに閉店時間は過ぎている頃です。これが秋色の、まさしく紅葉ライティングの魅力的なバリエーションだったので立ち止まって見惚れてしまいました。初夏の美味、ムギイカの釣果をテレビで見たばかりだったので、釣り上げられたばかりの赤い姿とリンク……(^^)。麦の秋である初夏のイカだからつけられたこのスルメイカの子の名前、私は大好きです。

2020/07/29 (水)

初雁

昨日のおやつは家で川越　松本醤油さんの「はつかり醤油」を使った kawagoe チーズケーキ（川越プリンスホテルオリジナル）を愉しみました。発酵食品同士であるチーズとお醤油は独特に相性が良いですよね。子どもの頃一時期、納豆にチーズを細かく刻んだものが好きなおやつでした（チーズを入れる時にはお醤油は少し）。はつかり醤油は天然醸造二年熟成。しっかりケーキ表面に「焦がし」で使ってあります。川越の代名詞「初雁」の名がついているのがいいですよね。雁は日本人にとって身近な存在。私も「鍵になって渡れ、雁よ……」と中学生時代合唱クラブで皆で歌ったことを思い出しますが、昔から雁に寄せるヒトの想いも含めて、「初雁」という季節最初に飛来する雁の名前に惹かれてきました。メランコリックでありながらロマンティック。「初雁は恋しき人のつら（連）なれや」（『源氏物語』須磨）ですから (^_-)。川越にそんな「初雁」の名を冠するものが多いのは、川越城七不思議の一つ（初雁の杉。毎年初雁が飛来した）としての雁を見て太田道灌が川越城を初雁城と呼んだことに因んでいます。そうそう、野鳥も多い初雁橋という大きな橋も川越市内にあります。こんなふうに秋の雁が自分のアンテナにひっかかるのも、「梅雨明けを待つ」という季節の進みを期待している時期なので、その先の季節の秋も無意識に透かして見てしまうのでしょうか。そんなことを考えておりましたら、偶然、昨日お友達がお散歩で出会ったというまだ青いうちに落ちてしまった秋の代名詞「栗」の写メが届きました。未熟果落下は残念ですが、季節進行の、いわば希望を感じさせてくれる

役割を自然と負ってくれました。隣の母はモンブラン。おなじみ歌川広重『月と雁』ではありませんが半月模したチョコレートがポイントのそれを少しだけもらいたくなり、……月ももらいました（笑）。

上尾中央総合病院にて

7月が終わりますね。半年前の今年1月、上尾医師会共催　上尾中央総合病院公開講座（メインテーマ「生命のいとなみを感じるとき」）に、園芸療法のグロッセ世津子先生と共にお招きいただきました。私も演奏  したりお話しさせていただいたり病院ボランティア委員会の皆様の活動を拝見したりするなかで、そこにいらっしゃるたくさんの方々と思いを共有できた実感に満たされて幸せでした。植物の生命力や人間に与える癒しは普段あたりまえのように感じて受けていますがその恵みのありがたさに改めて感謝を超え感じ入ることが多い1日……。「植樹は未来を植える」というグロッセ先生のお言葉、真に胸に響きましたし、主催の皆様の熱意や「ひいてはすべて患者様方のため」という人間愛を強く感じ大変気持ちが安らぎました。写真は病院のボランティア委員会の先生方、看護師さん方、事務の方々、そして市民の方々はじめとするガーデンボランティアの皆様方による思いのこもった昨年11月の五輪植えの花壇です。この時にはまだ新型コロナウイルス感染症拡大により今年の東京オリンピックが延期になるとは思いもよらないことでした。この会の後には結局、私も今月の頭のコンサートまで舞台の本番は全て延期、中止になってしまいました。この春は芽吹きの春なのに世界全体が本当に辛く閉ざされた「冬」でしたが、皆様、植物の生命の循環のように、いずれまた社会が瑞々しくよりパワーアップして甦る時を夢見てお互い頑張りましょう！　この上尾中央総合病院にお邪魔した日からずっと「育む未来」という言葉が私の胸に鳴り続けております。　　2020/07/31（金）

のびのび

今朝、「梅雨が明けたような空だ
わ」と思い足を止めて大きくの
びをしてから iPhone で雲を撮り
ましたら、その直後に梅雨明け宣
言が！　偶然、仲良し揚羽蝶カッ
プルも写っていました（写真左。

右端中程＾＾）。みんなで、のびのび……。

2020/08/01（土）

すもも

私は「すっぱい〜すっぱい！」。母は「すもももも
もももものうち」。交互に言い合いながらいただい
ていました。

2020/08/01（土）

未来を……

オレンジ色の向日葵の花言葉は「未来を見つめて」。
「上尾中央総合病院にて」（DAYS2020.7.31）では
ありませんが、明るい未来を育めること、この太陽
花に祈り……。　　　　2020/08/02（日）

It's your turn

昨夜の月は遅くまで雲に隠れたりこちらを覗くようにチラッと姿を見せていたり……淡いながらも雰囲気がありました。姿を変える感じにエニグマ『７つの命、無数の顔』をかけてみましたら、シュールさとは意外なほど無縁な、宇宙的でどこかに運ばれてしまいそうな多彩さを愉しめました。今夜日付変わってすぐ満月となりますが、最近、アメリカ先住民による季節の行事や物事により命名された各月の満月の名前が話題になっていますよね。今月は「sturgeon moon（チョウザメ月）」。今日はチョウザメの卵、塩漬けのキャビア粒のように満たされた粒々の巨峰をいただきました。瓜科スイカがピークを過ぎると、いよいよブドウ科の面々の出番ですね。じわじわおいしくなってまいります (^-^)。季節は進みます。おくるみに包まれたこの巨峰もまだ若かったけれどそれなりの良さが充分感じられて愉しめました。

エニグマ『７つの命、無数の顔』

2020/08/03 (月)

ファタ・モルガナ

昨日お話ししたエニグマのアルバム『7つの命、無数の顔』に収められている「ファタ・モルガナ」。「蜃」（DAYS2020.7.9）で蜃気楼を見せる日本の蛤妖怪「蜃」のお話しをさせていただいたばかりでしたが、「ファタ・モルガナ」は蜃気楼を魔法で起こす西洋の fata（ファタはイタリア語で「妖精」の意味）。蜃気楼のことをイタリア語では fatamorgana（ファタモルガナ）といいます。おなじみ、ケルトのアーサー王物語のモーガン・ル・フェイと同じだとされています。そう、昨日 DAYS に載せたアルバムのジャケットの女性は多分彼女です。この曲はアルバム中で最も音だけから見せる風景が具体的でわかりやすく、確実に可視化してくれる曲でした。初めて聴いた時から今も変わらないそれは「砂漠の地平線」。はっきり私の瞼に描かれました。アラブの砂漠を行くラクダやオアシスの市場を連想、そして、次曲「地獄の天国」にそのまま突入していくのですが、まさしく繋ぎにその砂漠に砂嵐を起こす神がかった風がサァーーッと清い音をたてて巻き上がるのです。灼熱の砂漠ながら汗とは無縁、それどころか全体を通して不思議と涼を呼ぶアルバムです。皆様にとってもそんな音楽が沢山おありになるでしょう。コロナ禍のなか、緊張が続きますが、いろいろ工夫をしてお互いに気持ちをうまく整え、なんとか快適に日々を過ごせるようにいたしましょうか……（^-^）。本格的な夏、始まりました。蜃気楼のように目の前の景色がユラユラしだしたら危険です。今年も熱中症に気をつけましょうね。

2020/08/04（火）

私の手の中のオンブバッタ

私の横をぴょんぴょん跳ねてついてくるので、可愛く
て……！　手の中じっとしているので iPhone で撮。
その後すぐに放してあげました。家に帰り家族に写真
を見せると、「なあに？……オクラ？」と母。「違うよ
～。オンブバッタ。じゃあ、写ってるこの私の指は一
体何に見えたの？」と聞くと「パン。だから一瞬、ヘルシーなオクラ野菜サ
ンドかと思った」と答えが返ってきました（笑）。　　　2020/08/05（水）

月と梨

昨日水曜日。市内の梨
園。タイミング的に月
の力を生かして、満月
直後にラスト、太陽の
力で仕上げたというイ
メージの実、いいです
よね。いよいよなのが
感じられる。甘い栄
養水分たっぷり……。

この「産地直送」の幟
が、昨日水曜日には梨
農家さんが並ぶ市内の
通り沿いに週頭月曜日
より増え、ズラッと並
び揃いました。

月曜日午後9:30。上か
ら右から左から下か
ら、雲が梨のような美
月を優しく包みに来て
いるところ。

月曜日午後11
時前。虹色の
夜雲に包まれ
てあと少しで
ちょうど満月
迎えます。包
み隠さないで
こちらに見せ
て（魅せて）く
れています。

昨日水曜日、強い真昼
の太陽に輝くご近所の
家庭菜園トマトたち。
赤く、赤く、ごく赤く
色づき、まん丸！　一
昨日火曜日の月も地平
から昇り始めた時には
赤銅色。まるで大輪の
花火のようでした。

一昨日火曜日午後9:30。
今度は豊かな枝間に包ま
れているところ……。

2020/08/06（木）

恋したために

田の畔に1本だけタンポポ綿毛。まあるいまま、よく雨にももったと思います。稲は早くも次々と実が入り始めたのか、だんだん頭を下げてきましたが、中で1本だけ目立って、下方のタンポポにグーッと顔を寄せ話しかけている早熟な穂がありました。お互い離れたくない仲のよう……。綿毛はもう充分飛び出

す準備はできているのに「もう少し、もう少し」と留まって彼の近くにいるのは、恋したからに他なりません（笑）。　　　　　　　　　2020/08/07（金）

北信濃

完熟、ジューシーで大変甘く、少しすっぱい種周りもまるで計算したかのように味わいを幾重にも増してくれる美味しい生プルーン＝西洋スモモ。家族が好きなので今年も旬を待っていました。「北信州から愛情こめて〜」と添えられています……。北信州は北信濃とも呼ばれる長野県北部を指しており、これは故郷の長野市のお隣の中野市産のプルーン。エノキダケやリンゴ他、美味しい農産物豊かな場所です。「北信濃」というと思い浮かぶのは、新潟県境、高野辰之、中山晋平、「朧月夜」の菜の花の風景、千曲川、素朴な温泉、小林一茶、戸隠高原はじめオールシーズン快適な高原、豪雪地域、栗の里小布施、

鬼無里の水芭蕉、飯山の仏壇、スキー、お蕎麦、山菜、きのこ、おやき（写真。今日もいただきました＾＾)……など。私にとっては長野市内の高台にある実家から見る遠く志賀の山々まで見渡せる、ひっくり返した宝石箱のような美しい夜景が懐かしく、そしてなんといっても千曲川村山橋付近の一面の林檎の花とそこから遠くに見える雪を被った、五月連休頃の北アルプスと青い空は最高だと思っています！　そこにちょうど赤い長野電鉄の車両が鉄橋を渡ってくるのに会えた時には毎回毎回「私、いいところに生まれたなあ……」と感極まります。思い出しただけで今でも幼い頃から五感で馴染んだ長野の四季の肌感覚、即、蘇ります。冬の寒さは厳しいけれど情に厚く温かい優しい人々が住んでいて、北信濃方言が行き交い、言葉のアクセントも独特。文末が延びて上がる会話、単語の多くが頭にアクセントがくるのも（いちご、ピアノ、半袖など）特徴です。地元では、共通語だと認識するくらい使用する「ずくがない」や、「おごっつぉ」「とびっくら」「てんで」など方言がたくさんあり、このあたりは、拙著『LIVE MENU-DAYS』にもたくさん書かせていただきましたのでご覧いただければ嬉しいです。昨夜はテレビの怪奇現象の番組を、怖がりなくせについつい視てしまい「怖い夢みたら嫌だなあ」と思っていましたが、生プルーンのおかげで故郷の美しい風景と友達に夢で逢えました。

2020/08/08（土）

月下美人

このDAYSをいつも読んでくださっているY.Yさんの京都のお宅で月下美人が咲いたそうです。四日前にお知らせとお写真、いただきました。育て始めて五年、初めての開花とのこと……。おめでとうございます！
つくづく、不思議なお花ですよね。そうでしたね……、私もよく月下美人のお話、ここでさせていただいておりましたね。月下美人がお酒に酔う話（花が長持ちした）とか……。この月下美人さん、なんとも涼やかで密やか。ミステリアスな魅力が画面から伝わってまいります。ああ、この雰囲気美人さん自身は、自分の運をかけた一夜をどう思っていたのでしょう……。

2020/08/09（日）

朝顔6：00夏休み

夏休みに入った小学校を早朝通りかかりました。構内から、子どもたちがいなくて寂しくて「恋しいよ〜」というセミたちの声が響いてきます。昨日は夜咲く月下美人のお話でしたが、今日は８月の小学校に朝咲く朝顔（写真）をお届け……。今ごろ子どもたちは夏休みの宿題の朝顔観察日記をつけているかな(ˆ-ˆ)？　昔、夏休みに入ったばかりの小学生の息子と、「夏のもの」を交互に挙げていくと簡単に100個越えてしまってワクワクがクレシェンド、なかなか終わらなくて大笑いしたことを思い出していました。朝顔観察、海水浴、スイカ、かき氷、風鈴、花火、プール、麦わら帽子、浴衣、甚平、す

だれ、うちわ、蚊取り線香……。今朝も私は夏休みの想い出と朝顔ピアス
（写真）を纏っています。　　　　　　　　　　　　　　2020/08/10（月）

傘花影

川面に色とりどりの鮮やかな釣り人のパラソ
ルが咲いています。昨朝の朝顔のよう……。
水面下からヘラブナの傘花鑑賞お喋りが聞こ
えてきそう……。　　　　　　2020/08/11（火）

環

お盆ですね。皆様、ご先祖様をお迎えになっていい
時をゆっくりお過ごしくださいね。写真は在住市の
市役所玄関脇の彫刻、伊藤正人先生作『環』。昨昼
通りかかると、ちょうどお盆のせいか作品に自分の
内で自然と仏教の輪廻転生を重ねていました。いつ
もは市役所ということもあり、社会の、巡り巡る良
質な循環がもたらす環境を感じています。また、御
影石でできているのに、形状からより強度を増して
いる謎の素材と受けとめられる輪が、強靭なライフ

ラインも思わせてくれたり……。市役所の建物と外観上もよく合っていま
す。「助け合うより良い社会や理想的な共生を、経年でますます街に一体化
して表現しているのがいいなぁ」と思います。今、一緒に年を重ねる心豊か
な時を、成長を、祈るような気持ちで形の成り立ちに想像しています。

　　　　　　　　　　　　　　　　　　　　　　　2020/08/13（木）

神話の舞台

ギリシャ神話を目の前にしているのか……と思いました！　ヘラクレスと怪物が闘い（写真1枚目。昨日）、神々が雲間から（写真2枚目。今）いまにも降りてきそうな空……。

2020/08/14（金）

高天原神話

昨日はギリシャ神話世界にいたはずでしたが（^-^;）……。目の前の山の奥まり方が、雲が、霧が、木々が……ここでは全て日本神話の世界に見えました。清い山の気に終戦の日の今日、人類が二度と戦争という過ちを繰り返さないよう平和への祈りを真に継承していけますように、また、世界全体が一刻も早くこのコロナ禍から脱出できますように、祈りました。　2020/08/15（土）

アナログコラージュ

Official 髭男 dism さん、皆様のなかにもお好きな方が沢山いらっしゃると思います。彼らのアルバム『Traveler』（写真）のなかの「pretender」、今ちょうどかかっているところ……。最初に耳にした時は「日本の新旧ポップミュージック各魅力エッセンスをいい意味ミックスしているわ」と思いました。それから時が経って、また更に言葉が若々しく馴染んで変わらず楽しませていただいております。それから（これは King Gnu さんにも感じましたが）例えると当たり前にトリプルルッツをいつもクリアするように、サビの満足をコード、メロディその他少しの意外性を絡ませながら重ねてくるような刺激的音作りもいいですね！　このアルバムのジャケットデザインのアナログコラージュは抽象、具象、曲と世界観がぴったりで素敵。どこか懐かしくて前向きな力に溢れています。今日はこのアルバム中の曲を次々、……鍋をかき混ぜながら、野菜を切りながら、天ぷらをあげながら、やたらと口ずさんでいました。はかどる、はかどる（笑）！！　　　　　　　　2020/08/16（日）

目覚ましリレー

今朝。ミンミンゼミが朝4:55に鳴き出したと思ったらすぐに鳴き止み、代わりに10分後いつもの山鳩が鳴き始めました。それも10〜20分後にはすっかり止み、もう誰も鳴かなくなったと思ったらようやく私が家族を起こす時間に。今度は私の番です。「私もできるだけ1日のスタートにふさわしい声で……＾＾」と心がけながら……。

2020/08/19（水）

青森雲

今、青森県のカタチの雲が出ています。特徴的な下北ばかりでなく、左に西津軽郡深浦町のプクンとした出っ張った地形も見えます！慌てて撮。

2020/08/20（木）

無花果大福

旬の果物がフンワリしっかり丸ごとジューシーに
包まれている最旬果大福が大好きなので、ふと
気づくと、このDAYSでいちご大福、みかん大
福、巨峰プチ大福、ブルーベリー大福……等々、
ついつい、お話しさせていただくことが多くなっ
てしまいます（前回は先々月のメロン大福でし

た＾＾）。そして本日は……特に好きな、旬の収穫を待っていた無花果の大福
です。果汁ほとばしる豊かな旬の風味と１口目の小気味よい歯触りと次にく
るツブツブの独特な食感が最高。冷やして、というか、冷凍の状態から２時
間冷蔵で解凍し、あと15分ほど外に出しておいていただくと、芯が少しまだ
シャーベット状で美味しいです。それにしても旬の果物を使った大福は、
使っている果物も「新鮮」ですが、ほとばしる旬果汁を練られた餡とのコラ
ボ（「ジューシー」対「ねっとり」）で愉しめる感覚も独特で、昔から親しん
でいてもやっぱり「新鮮」だと毎回感じます。なにより「『大』きな『福』
を『丸ごと』キャッチ」できます!?　　　　　　　　　　　2020/08/21（金）

頬ずり

卵室の、孵ったばかりの稚魚が、この卵に寄り添って
離れませんでした。「早く出ておいでよ～」と言って
いるよう……。確かに兄弟なのは間違いないのですが。
　　　　　　　　　　　2020/08/24（月）

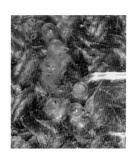

孵化続々

ここ三、四日、卵室では孵化するメダカが多く、様々な「メダカ誕生模様」を目にすることができます。数秒後には体を伸ばして泳ぎ出しそうな、孵化直前のでんぐり返りしている卵、孵化したてで泳ぐというよりローラースケートをしているみたいに底で平行移動ばかりしている子、溝が好きで何度もはまって遊ぶ子、針の先のような尾を高回転で細かく振って勢いよく泳ぎ出したかと思ったらすぐ友達とゴッツンコ！して驚いている子……(^^)。昨日生まれた子は底にへばりついてなかなか浮かんできてくれないのでお引越しにてこずり、私と我慢比べ！　生まれたてなのだから無理もありません。が、やっと出てきてくれて新しい部屋に移ると吹っ切れたかのように泳ぎスタイルを突然会得しました。驚きました。そうなのです、昨夜はもう一室新生児室を開設、お引越しをしました。メダカは自分の体から離れてしまえば餌だと思って、産んだ卵も体の小さい稚魚も食べてしまうのである程度成長して大きくなるまではお部屋を分けなければなりませんよね。昨日のＤＡＹＳの兄弟には悪いのですが、仕方ありません。しばしの別れです。「教室が分かれていて本当に歌どおり『メダカの学校』だわ〜」と思いました。卵室のほうも水を入れ替えて、藻がつきそうな卵をそうっと洗いゴミを取り除き……。スポイトを使いながらの細かいミリ単位の作業なので数時間かかってしまいました。すっかり指先もふやけてしまいましたね〜（笑）。心躍る作業で時間を忘れます。元気でいてくれて感謝です。　　　2020/08/25 (火)

檸檬のジャム＆ピアス

今朝、檸檬ジャム煮ました。元気な
国産の無農薬檸檬三個分。苦味も美
味しくいただけました。それにちな
んで（!?）今日は一日中、写真の檸
檬ピアスをしています（^^）。

2020/08/27（木）

夢完成？

チューリップと薔薇咲く小径を作ってみました。幼い頃から好きな二つの花
の、憧れの「お菓子の道」を手を振って歩きます（笑）。
お菓子は TOKYOTULIPROSE の金井理仁さん作。中身の細長い花芯のパ
イ、果物＆チョコのアンサンブルクリーム、花弁のラングドシャの食感など
が、とっても楽しい……。毎日愛用のなだらかな坂道ついたウェーブプレー
ト（Villeroy & Boch）に咲いてもらいました。

2020/08/28（金）

moon cake

写真はよくいただく翠香園さんの中華菓子。もうじき月餅の季節、やってまいりますね。明後日で8月も終わります。月と、恵みに満たされた収穫時期独特の豊かな時間を過ごすのが楽しみです。また、毎年この時期心に繰り返し思い出しているのは、まだ20代だった私が母になった9月13日の晩のこと。

感激でなかなか寝つかれずにいた私に美しい月が寄り添ってくれたことや病室の窓を通しその優しさに包まれながら思ったこと……。早く朝になって赤ちゃんに会って授乳したくて夜明けが待ち遠しくて一晩中ドキドキしていたこと！

2020/08/29 (土)

生姜煮

生姜を煮て瓶詰にしてあります。しっかり煮ておくので佃煮のように使えます。好評だったのでお裾分けすると「本当に美味しかった！」と喜ばれました。たしかにこれは自作自賛（笑）ですが、なくなってしまいがちな食欲も湧き、元気も出て、この時期の身体にも優しく作用してくれます。ご飯はじめなんにでもよく合います (^^)。生姜の辛味を残しすぎないように一手間かけるのと鰹節を少し入れるのがポイントです。

2020/09/01 (火)

日の出みたいなお月様

昨夜は満月。コーンムーン。徐々に浮かび上がり……。

2020/09/03（木）

今日お誕生日

午後3:00過ぎ、今、逆境に耐えて誕生した赤ちゃんメダカ。なぜ逆境かというと、実は一つの卵室の中に白い水カビが流行ってしまったので、私がカビに覆われた卵の房を洗ってまだ元気なものや目がハッキリできているものを、一か八か、楊枝と指先で一粒一粒綺麗にして別にしておいた、半分孵化を諦めていた小部屋の子だったのです。感激しました。午前中もランチタイム後でもシーンとしていた卵室に微かに動きが見られた時は「えっ！　まさか!!」と嬉しかったですね～！　メダカの卵は採卵すると糸のようなものに

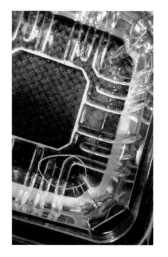

くっついてかたまっているのですが、それを後で除いてあげたつもりが充分でなく、水カビのアタックに遭ってしまったのです。自然の状態では川の流れにただ流されていってしまわないように兄弟姉妹繋ぐ糸は水草などに引っかかるために必要なのだと思いますが、飼育の環境にはないほうがいいのです。周りの卵と比べていただけるとお分かりになると思いますが（写真中、誕生したメダカと見えやすい卵を○つけておきました）、頭部が卵の大きさです。卵から孵って尾をやっと伸ばせてゆったりしているところで、生まれたてなのであまり動きません。少し泳いでは休んで……、を繰り返しています。もう少しすると目に追えない速度で壊れてしまった昔のメトロノームのように尾を振り始めるのですが。好奇心の塊！という感じがまた可愛らしいのです。自然の小川の流れのようにちょっと揺すってあげました。ゆりかご、です(^^)。

2020/09/04（金）

電撃復帰

稲刈り直後。5月の田植え後田ん
ぼに舞い降りていたサギたちも、
盛夏、苗が大きく成長し青々と
繁って株間がなくなると、彼らの
餌場としての居場所もなくなり自
然と姿を見せなくなっていまし
た。……が、稲刈りが終わった
今、即、どこからともなく一斉に
舞い戻り、驚きの電撃復帰です。
伊勢神宮において抜穂祭が昨日行
われました。いよいよ収穫を感謝
する神嘗祭を待ちます。今年の実
りに改めて感謝……。

2020/09/05（土）

刈る前。懐かしいような稲の根元。

虹のプレゼント

今週月曜日、稲刈りが終わって虹が立っていました。今週に入って、あちこちの田んぼの稲刈りがだいぶ終わってきています。収穫の時を無事迎えられたこと、本当におめでとうございます。虹を贈ります!? おめでとう、といえば、このところ我が家のメダカ家族も毎日ハッピーバースデーパーティー。次々時間差で生まれたりして、私もメダカ・ノートをつけるのが忙しいです（笑）。

コロナ禍で身体も心も疲れを感じて挫けそうな時もありますが、こんなふうに雨が降った後には虹のプレゼントが……!! 頑張って皆で乗り越えたら沢山のいいことがあると信じています。

2020/09/10（木）

今夏の舞台のご報告

新型コロナウイルス感染症拡大防止の観点からブラヴォーやヴラーヴァをはじめ大きな声での掛け声は禁止となっていたあの日のコンサート。歌い終わりいただいた拍手の中から確かに聞こえてきたお声に涙が止まらなくなりました。前列の初めてお顔を拝見する方がお話しになるようなお声で私を見つめながらずっと私の姿が袖に帰るまで「やえさん、ありがと、歌いにきてくれて、ありがと、やえさん、ありがとう……」と呟き続けてくださっていました。嬉しかったです！ こちらこそお運びいただいて励ましてくださったことお礼申し上げたかったです。

コロナ禍で、出演予定の今年のコンサートやオペラがほとんど延期、中止に
なりました。そのなかで歌わせていただけた、今お話しした7月、そして8
月のお招きいただいた両コンサートは感染防止策にホールさん側も主催の
方々もご尽力くださり実施されて、定員満席のお客様の温かい、共に舞台空
間で生の音楽をお心深く感じてくださるお気持ちのおかげで成功することが
できました。喜んでいただけたとのこと、主催の方からお聞きし、両公演と
も終わってだいぶ経ちますが、全ての公演に関わる方々が新型コロナウイル
ス感染症にかかることなくいい思い出となりましたこと含め、大変感謝致し
ております。

舞台では一期一会、歌手の生身の楽器から出る声をホール空間の空気を使っ
てお客様にお届けし、響きによって想いが伝わり、お互いの呼吸や血流で
キャッチボールできる感覚が確かに存在します。それを久しぶりにこの夏の
舞台で感じることができて幸せでした。感謝しかございません。そして、こ
の夏の舞台により、私は改めて初心にも返ることができました。これからも
常に本質を見つめて柔軟に、力の限りいい歌をお届けできますよう真摯に取
り組んで精進してまいりたいと存じます。皆様、どうぞよろしくお願い申し
上げます。　　　　　　　　　　　　　　　　　　　　2020/09/11（金）

光るのは……

草に露が降りたわけはなく、雨粒が残っていた
だけ……。潜り抜けて美しく在ると思っていた
恋のなか、小さく大きな嘘に気づきながら丸く
受けとめようとした昔々の記憶に似ている感じ
がしてちょっと哀しくなりました(笑)。「これっ
て、自分の人生で一番嬉しかった、息子の誕生
日の朝に思うことではないな」とも……(^_-)。
　　　　2020/09/13（日）

無花果甘露煮

昨日の「露」にちなんで(!?)甘露煮の最中です（^-^)。
色も楽しめます！

2020/09/14（月）

心臓を刹那に揺らすもの

↑米津玄師さんの「感電」の中の歌詞。今、この曲のことを書こうと思いたったのは、このDAYS2020/8/16でOfficial髭男dismさんやKingGnuさんのことに触れましたら、「米津玄師さんはお聴きになりますか？」と複数ご感想をいただいていたからです。はい、聴いておりますよ〜(^^)。米津玄師さん、物凄い勢いでご活躍ですよね！

スパークし合って魂の底からぶつかる激しさを「感電」と喩えているのと、命の象徴の心臓は電気信号出し伝達回路がありますから、感電するのは心臓と心臓＝魂と魂、ということで「感電」なのですよね。いずれにしても、クスッと笑える犬猫の鳴き声（誰もが知っている童謡、大中恩先生の「いぬのおまわりさん」を意識）や、呼びかけとしての「兄弟」、「吹かし込んだ四輪車」、などの懐かしいセピアの言葉使いも刺激を添えていますよね。音使いに関しても「響き合う境界線」は「きょうかい」繋がりで一瞬、逆に普遍的な「教会コラール旋律線」を聴きようによっては感じさせる感覚的仕掛けがあったり、懐かしいビッグバンド風の合いの手にワクワクしたり楽しめました。

さて、この曲、ご自分の恋の場面の設定にして聴いてみてください。曲の終わりの「お前はどうしたい？　返事はいらない」で、キュン死できます。この「ついてこい」に、要らないのに返事をしてしまいそうです（笑）。感電し合う一瞬の火花は若さゆえ。お若い皆様は、きっと何十年後には「こうやって落ち着いてもエキサイティング。いいものだなあ」とご自身お感じになると思いますが、「感電」は今のうち、ですよ。頑張ってくださいね(^_-)。

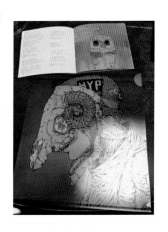

2020/09/18（金）

勘違い

朝起きるとヒトスジシマカ、通称ヤブ蚊が、リビングのアロマディフューザーへ水差しするため使っているショットグラス（口径5.5高さ6.5cm）に落ちて死んでいました。少しだけ残っていた水に落ちてしまったようです。死骸をそっと外に出してティッシュに置くと血を吸っていないようでしたので（家族も刺されていませんでした）、おそらく産卵のためではなく焚き残っていた香りに惹かれたのだと思います。吸血はメスが産卵する時のみで、普段ヤブ

蚊は植物の汁を吸っていますから。この時使っていたエッセンシャルオイルはゼラニウム、ラヴェンダー、レモングラスでした。好みの香りだったのでしょうか。かわいそうに、夜中、勘違いして近づき「え!?」とびっくりしているうちに落下の不幸に遭ってしまったのでしょう。この話を今朝私から聞いて同じく「え!?」と驚いていたのは母で、「レモングラスって防虫効果があるんじゃなかったかしら？」と……。これは母の勘違いです。レモングラスの成分はシトラール。防虫効果のあるのはシトロネラールで、名前が似ていますが違います(^-^)。   2020/09/20 (日)

深まり

今朝6:00前、気温21度。一色塗り込められた白鉛色の空に鳥の群れが低く重そうに流れて行きました。風を切る人たちも、ライダーは真冬ジャケット、ランナーは肌出しゼロといった出で立ち。朝一番手にとった香りも自然に少し濃厚なものへと変わりました。行きつ戻りつしながらも少しずつ確実に季節が変わっていくのを感じながら身体を動かした後、パン焼き開始。「これからの時期は快適なパン焼きには温度が届かないなぁ」と思っていました。

増え続けて180匹家族になったメダカの親の産卵も、孵化も今朝はまだ。朝ばかりでなく昨夕は日暮れの早まりもはっきり意識……。秋は季節の進みを「深まる」と表しますが、つくづくよく言い当てているその感覚を楽しんでいた朝です。故郷長野ではお盆過ぎは涼風が立ち、朝晩は窓を開けていると肌寒いくらいでしたね……。家族の風景が重なります。

2020/09/21（月）

逆上がり

私は練習終わりっ！……代わりにキャバリア（ヘッドカバー）がはりきっていました。

2020/09/24（木）

オクラの活躍

オクラ、素揚げにして他の夏野菜と唐揚げに添えました。それ自体でも、またブースター的にも食感が楽しめて、オクラはつくづく良い存在です。

また、写真２枚目は作りたて「卯の花」。すき焼きの後に少し具を足して作るのですが、今回はやはりオクラも投入！　シャキッ→ネトッのリズムでおからに変化球を投げています。おからは独特にカサカサ喉にくる場合がありますが、オクラを入れるとそれが緩和します(^-^)。

2020/09/26（土）

ペンタゴンフラワー

昨日 DAYS はオクラ。五角形の
オクラにちなんで今日は五角形花
のペンタゴンデザートプレート。
これから三ヶ月後にプレコンサー
トがある来年のオペラの顔合わせ
に行ってまいります。「顔合わせ」
はいつも、いよいよ始動するチー
ムとしての士気が上がっていくワ
クワク感で満たされます(＾-＾)。

この前の出演舞台予定としては来月「秋華の歌の祭典」がございます。聴き
にいらしてくださる皆様方、ありがとうございます。葡萄、洋梨、林檎を
使ったこの2020秋華甘味アンサンブルのように皆様には甘心して(中国語で
「充分満足すること」)お帰りいただけますよう、魂込めて歌をお届けしたい
と思っております。どうぞよろしくお願い申し上げます。

2020/09/27(日)

金木犀に誘われて

今日は父のお誕生日です。朝から父のように穏やかで深みのあるあったかい
日で、ロマンティックな庭の金木犀の香りは今季初！感じました。今日は暑
くもなく寒くもないせいか、考え事にもお掃除にも頭や体が良く動きまし
た。家中の窓を一日中開け放っていたので、窓辺のメダカたちも一斉に庭を
向いていることが多かったですね〜。先週末から今週頭まで産卵の調子が日
によってあまりよくなかったのですが、金木犀の香りに誘われたのか復活、
綺麗ないい卵を昨日からまたたくさん産んでくれるようになりました。卵室
を替えて全部の卵粒を洗う作業をしていて、ふと見ると、一匹戯けるように

孵化して静かに浮かんでいました。今日は既に二十三匹孵化しています。消灯までにまだまだたくさんの新しい命、新生児に会える気がいたします。

2020/10/01 (木)

栗テリーヌと檸檬春巻

旬の、国産の恵みアンサンブル。
故郷信州産栗を使ったテリーヌと、先月から国産檸檬の塩漬けをたくさん瓶に作って冷蔵しておいたものを皮ごと細かく切って作った春巻。中身は檸檬の他もやし、鶏の挽肉、ちくわ、ピーマン、秋しめじ、大葉、ネギです。

2020/10/02 (金)

いのち房

自然にさせていると水中で葡萄のような房で横たわり孵化の時を待つ我が家のメダカの卵。メスメダカ一匹一回分の本日の産卵直後です。葡萄の房の果軸のように、一本細く光るよく伸びる強靭な美しい糸がいのちを一つに繋いでいます。みとれています。　　　　2020/10/05 (月)

懐かし！　息子の勉強姿

本日はコンサート本番です。お聴きくださる皆様、雨のなか大変恐れ入ります m(__)m。アリアを演唱することで、役の体温や呼吸はもちろん、そのオペラのドラマ世界をホール（hall）空間でホール（whole＝丸ごと）お客様に感じていただけますよう魂込めてお届けしたいと思っております。どうぞお足元、充分にお気をつけになってお越しくださいませ。ありがとうございます。後ほどお会いいたしましょう。

さて、本日10月9日は語呂合わせで「塾の日」だそうですね。塾、息子もお世話になりました。それで思い出したのは、小学校の宿題と、本当〜に山のように出た中学受験塾の宿題にリビングのテーブルで挑んでいた息子の姿。彼はその頃「リビング勉強派」でした。自然と、家族とのワイワイ空間のなかでやっていましたね〜。小学校も塾も電車通学でしたので「いつも時間が足りない！」という感じでしたが、高学年になると自分でタイムテーブルを整理して計画を立ててこなすようになり、リズムにのって日々仲間達と楽しそうに切磋琢磨して頑張っていました。息子が一生懸命考えて立てていたそんな学習生活計画表らしき切れ端、愛おしくて、私はいまだに捨てられず自分の手帳に挟んで大切にとってあります。息子が勉強する姿、少し前まであたりまえに目にできていたのに、なんだかとても遠い日のことのように懐かしくて……(T^T)。中高生になると写真2枚目（DAYS2009.8.24）のとおり（笑）。そして大学生になると、そぉっと撮らなければならない感じ（笑）でした（写真1枚目）。受験も中学受験までは親も学校説明会に足を運んだり、昼夜のお弁当、塾の迎え、学校や塾の面談、子供の健康管理、子供と受験校決定など、やることがそれこそたくさんあり、緊張しながらも子供と共に走ったこと、いい思い出になっています。

とにかく日々黙って見守るあの喜び……といったら！　気が気じゃない、ハラハラすることもありましたがまた味わいたいです。子育て真っ最中のお母様方、今、新型コロナウイルス感染症がなかなか手強く、依然として様々な不安から抜け切れない状況ですが、どうかこんな時こそ落ち着いて足元を見つめて適切な情報を得ながら、なすべきことを日々積み重ねて、ドーンと大きく構えてお子様を見守ってあげてくださいね。苦しいこともあるかと思いますが、そんなことも含めてこれからお子様と一緒の体験は、後になれば宝物です。頑張ってください。寒くなってきて、いよいよ受験生活ラストスパートを強く意識する時期ですよね。応援しております！

2020/10/09（金）

Menu　　　newEntry　　　Archive　　　Category

返事

2009.08.24 15:11 *Mon
Category：日記

時間ができたので、勝手ですが（笑）、息子に相手にしてもらおうと、二階にいる息子に「ヨッ♪侑大、なにしてる？母、いま暇ナリ」とメールしました。すると素早いリアクションですぐ返事が(^O^)/。ワクワクしながら早速メールを開くと……「勉強中」、と、この写メが送られてきました。……つれないじゃん……(T-T)
ちなみにこの眼鏡は息子がいつもかけている眼鏡です。

親子再会

昨日は大変多くのお客様に雨の中いらしていただき、本当に感謝致しております。お楽しみいただけましたでしょうか。共演者とも話していたのですが、このコロナ禍、私たちがお客様からかけがえのない大きな力をあの一期一会の空間で与えていただきました。ありがとうございました。

さて、今、メダカの採卵が終わったところです。たっぷりいい卵を産んでくれました。ホッとしています。というのは……昨朝は卵をメスたちが産まなかったのです。本番から帰ってきて見ても、夜消灯する時も、まだ。今朝も普段ならもう産んでいる時間にも皆卵をつけておらず、やっと午後3時、産んでくれました。ついでに気になっていた作業も。タイミングを見計らっておりましたが決断し、卵から孵化、針様新生児、幼児期を経て、いよいよ大人の小型版のように身体がしっかり出来上がってメダカらしく特に大きくなったメダカ13匹だけ親水槽に放って親と一緒にいたしました。確かに間違いなくどのメダカも親子、兄弟姉妹です。大ボールに引越ししたりしていましたが元の四角い大水槽に戻り、今度は子ども達とも会えて、すっかり落ち着いている様子の親たち……。写真は、生まれてから今までのつもる話に時間があっという間に過ぎていっている親子です。「大きくなったよね」と言われて、ただただ甘えている子メダカのかわいさといったら！

2020/10/10（土）

砂漠のオアシス

昨日は久しぶりの秋晴れ。写真のように
公園の砂地に無数の紋白蝶、紋黄蝶が日
光浴していました。羽を乾かしたいのか
な？　気持ちよさそうに深い呼吸でゆっ
たり休んでいます。私はというと、蝶の
大きさになってテクテク歩きながら、こ

の、続く壮大な砂漠の湖、緑地の遠景を愉しんでいました。

2020/10/13 (火)

冬のフラミンゴ

味もさることながらジャケ買いもしたくなるよう
な個性溢れる芋焼酎「フラミンゴ・オレンジ」。
「夏のフラミンゴ」の雰囲気も好きですが（DAYS
2020.7.25「pink red 〜夏闇デカダンス」）、この「冬
のフラミンゴ」は心身ともに暖めてくれる焼酎に変
身しています（笑）。成分のネロールはビターオレ
ンジの花由来の精油「ネロリ」より単離されたもの
で、それが普通の芋焼酎よりかなり多く含まれてい
るとか……。　　　　　　　2020/10/16 (金)

Favorite Rendezvous

付点八分音符の緩いスキップが似合う秋の日
でした。街の紅葉が始まる直前、本格的に寒
くなる前の今のような時期……いいですよね
(^^)。昼間、明るい雲が浮かぶ空を眺めなが
ら聴いたジャズベースの大橋トリオさんの曲
「Favorite Rendezvous」が心地良かったこと
を思い出しています。フィーリング、まさに今
日にぴったりで、古き良き日常を描く長閑な映
画の劇中歌のようでもあり、温かい気持ちに
……。夕方から夜に変わる今、こんなバナナ
のような、カシューナッツのような愉快な月
と逢っています。良き秋日和が締まりました
(笑)。 2020/10/21 (水)

私の膝の上の息子

懐かしい写真が出てまいりました。母が撮っていますが、
おばあちゃん子の息子、カメラを向けてくれているおばあ
ちゃんにとびきりの笑顔。最初は私の膝の上の写真はいい
顔をして撮られているものが多いので「ふ、ふ、ふ、やっ
ぱり母親の膝は最高なのね」と密かに喜んでいましたが、……気づいたので
す。私の膝にいるということは私の母が撮っていることが多いからでした。
2020/10/23 (金)

ハーベストムーンはブルームーン～水月二態

今日から十一月。今朝は各地グッと冷えこみましたね。先月は中秋の名月、十三夜、ハロウィンと重なる昨夜のブルームーン……と、いい月とともに在りました。昨夜も満月を迎える夕富士シルエットとの競演から始まり時間毎ドラマティックで多彩な顔を見せてくれました。様々な想いの収穫があり、また、新たな願いを預けました。　　　　　　2020/11/01（日）

早い時間には空と月の、ブルー＆オレンジのコントラストが美しく……

夕焼けに映えるブルー富士

水月二態

オペラ皿

今日の夕飯はこれに盛り付けます。これは LENOX
のオペラの名前がついているシリーズ。オペラの正
式名称を略した名前がついています。かなり前、こ
の DAYS に「トスカ」稽古期間中、「TOSCA」（ト
スカ）のティーカップ＆ソーサーを載せた気がいた
しますが、それと同柄、右が「TOSCA」、下が今
朝ちょうど朝の NHK 連続テレビ小説で主人公がミ
ミ役を歌っていた「BOHEME」（ラ・ボエーム）、
上は「LUCIA」（ランメルモールのルチア）です。

トスカ役、ミミ役、ルチア役、演じたことがあり、使うとその時の想いが蘇
ると同時に、このお皿たちどれもいかにもそれらしいテイストなのでこちら
の想像力を掻き立ててくれるため楽しくて、好きな食器です。ミミの施す花
の刺繍のイメージそのものだったり、ルチアは「家」の呪縛、トスカは歌姫
トスカとスカルピアの対立をよく表していると思います。

2020/11/04（水）

叔父と芋虫

思いがけない、叔父から
の秋プレゼントが長野か
ら今朝、宅急便で届きま
した。林檎と何やら素敵
なマグネット・ボック
ス。「……これ、なんだ
ろう」と、箱をそうっと

開けると林檎の黄色と映える、目に鮮やかな紅葉の葉と、その陰には……芋
虫!?　葉っぱも紅葉しているけれど芋虫も茶色に乾燥しちゃった？　……
驚きました。恐る恐る見るとドングリの帽子を重ねて作ってあります。なぁ
んだ……。おじちゃんは私が子どもの頃ずっと遊んでくれていたけれど、い
まだに私と遊んでくれているなぁ……。今は芋虫、ソファーの肘掛けに休ん
でいます。首をもたげてこっちを見ています (^-^)。　　　2020/11/10 (火)

オペラ・カップ

少し前「オペラ皿」(DAYS2020.11.4) で、
その晩使う LENOX のオペラシリーズのお皿
を 3 枚載せたところ「オペラの名前がついた
お皿」ということに沢山ご興味を持っていた

だきました。ですので今日は同じ LENOX の
オペラシリーズのカップ＆ソーサーから好き
な 3 客、「トスカ」(写真中)、「ランメルモー
ル」(写真右)、「メリザンド」(写真左) を……。　　　2020/11/12 (木)

我が家のポテト・ピッツァ

小麦粉を使わないピッツァ。ジャガイモを薄くスライスし生地にしています。

2020/11/13（金）

二の酉で晴天

よく晴れていますね。雲一つない高い空に思いっきり、伸び！　これから来月の舞台のお稽古に行ってまいります。出かける準備の合間に正岡子規『熊手と提灯』の「今日は二の酉でしかも晴天であるから、〜」が胸にリフレイン。今日も文句なくお天気が良い二の酉です。空を仰ぎ呟きを繰り返していると、どんどんリズミカルに元気いっぱい心に鳴り響いてきて……。昔からこのフレーズ、気になっています（笑）。

病身の子規が大鷲神社辺りから人力車で家路につく様子を書いているこのお話、「実に綺麗で実に愉快だ」と子規が感じる長提灯や鬼灯提灯、冴え渡る冬の月、熊手を手にして家路を急ぐ人々の顔、……などの描写から古き良き町場の空気が令和の「今、ここ」にすぐに流れ込んできます。そして、自然にあったかくなってくる胸が、同時に、じわっといい具合に痛んできます。現代においては、やたらとうらやましい溢れ出る情感……。

2020/11/14（土）

庭の人形

庭の梅の木にかけてある2、3センチの小さな人形たちが目立ち始めました。それで、何年も前の、ある、季節真逆の日を思い出しています。

家に遊びに来た姪が庭で「…ぁ」と言ったきり、高く綺麗な声で笑い出しました。「何？ 何？」と私も庭に顔を出すと、「これ」と姪、梅の木にかけてあったいくつかの小さな人形たちを指さしていました。それから彼女は姉を呼び、母を呼んで（笑）……いくつもの笑い声が木の下に重なりました。私は何で面白いのか？よくわかりませんでしたが、彼女らの笑顔を見ていると、いつのまにか一緒に笑っていました。

2020/11/16（月）

無重力状態

日本時間昨日午前、野口聡一さん搭乗のクルードラゴン、無事宇宙へ打ち上げ成功しましたね。嬉しいですね。そしてたった今、国際宇宙ステーションにドッキングしたとのこと、おめでとうございます。少し前から、無重力状態でもいかに美味しい、野口さんが大好きなソース焼きそばを食べられるか？企業が考えて工夫したものを（湯切りも不要）持っていかれる、など様々な無重力生活上のお話が盛んにテレビで流れておりました。無重力生活でダメージを受けて減少する骨の栄養のためにも骨ごと食べられるアジの干物も今回宇宙食に選ばれました。魚の話が出たところで、無重力状態といえばメダカ（笑）。過去、なぜ宇宙で骨量減少が起こるのか、メカニズムがわかった宇宙での実験にも寄与しましたし、なんといっても脊椎動物で初めて宇宙で、無重力状態での生殖実験、産卵→孵化、成功したのですよね。この宇宙で誕生した宇宙メダカや餌のことも以前このDAYSでお話しさせていただいたと思いますが、つくづくメダカは小さい身体で大きな宇宙を感じさせます。今も水中で本当に気持ちよさそうに重力から解放され泳いでいるメダカの様、愛嬌のあるお顔とともに、見惚れていました。そうそう、三日前から隔離して塩浴をさせている、エロモナスらしい症状で闘病中の一匹がいます。あまり病気に罹る子はいなかったので焦りましたが、今、塩浴が良く効いています。「止まっていた両方の胸びれを高速で動かすように」→「尾びれを使う本来の力強い魚類らしい泳ぎに」→「餌を盛んに食べに上方まで移動」といった順を追った回復にホッとしているところです。一時はもう動かず身体は傾いて浮き上がって危険な状態でした。メダカは宇宙一強い⁉

2020/11/17 (火)

186

well-being

卵は毎日いただく恵み。元気で美味しい卵だということもありますが、命をいただくので「せめて少しでも産む鶏にストレスフリーの環境が動物福祉の観点でも良いかなぁ」と、平飼い卵を主にいただくようになって長いです。20年ほど前は平飼いゆえの考えさせられることもちょくちょく起

こりましたが、今は格段に飼育に対する環境を含め技術が関係各所ご努力により向上して、本当に感謝です。物心つくかつかないかの頃、早朝、鶏が卵を産む場所に行った後の「静けさ」とその産みたての卵を手にとった「あったかさ」はいまだに忘れられず、1つの卵の命の恵みは大袈裟ではなく、ずっと特別な感覚として私の中に在り続けています。家は農家ではありませんが、それを幼児の私にあえて体験させてくれた父母にも感謝です。自分の手で採るように言われても鶏という生き物はかなり神経質で幼い私には脅威でしかありませんでした。「がさつに近寄っては卵を産めなくなるんだよ」と祖父が教えてくれたことも思い出します……。

さて、これはいつもの平飼い有精卵ではありませんが、社会福祉法人の施設さんの自然豊かな里で育ったもの。昔ながらの自然卵という感じがいたします。弾力ある濃厚卵白と重量感ある強い卵黄がボッタリとしていて魅力的でした！
2020/11/20（金）

大安夕富士

昨夕、市内からこの黄金の夕陽と富士山をただただ眺めていました。美しかったので、来月、新しい家庭を築く息子とお嫁さんにも写真、それぞれに送りました。するとお嫁さんもこの夕富士、観ていたみたいです (＾-＾)。

つい先日皆様にお見せした（DAYS2020.10.23）20数年前私の膝の上、生後数ヶ月の息子ですが、あの時はほんとにちっちゃな手で私の指につかまっていました。それから手をしっかり繋いで過ごしてきて、そのうち成長とともに段々と緩くなり……。中高生になると背中にまわって見守って、いざという時に支えるつもりの「待機」の私の手は、身長同様とっくに息子より小さくなっていました。……ああ、親として過ごさせてもらった日々に感謝。ゆうた、まゆちゃん、共に手を携えてしっかり

歩んでいってね！　おめでとう！　そして、ありがとう!!

1つの区切りの嬉しさをここでかみしめるように過ごしている時間、胸がドクッ、ドクッッ……とずっとクレシェンドで鳴り続けていました。

これは友人が「赤富士のように見えたよ」と送ってきてくれた昨日の富士山写真。

2020/11/29（日）

メダカのクリスマスツリー

明日はもう12月。季節ですので、水草でクリ
スマスツリー作ってあげました（笑）。メダ
カは我関せずといった子もいればお気に入り
の子もいて……。私は気に入っています！
この水槽の周りの白い囲いは、寒くなったの
で発泡スチロールです。

2020/11/30（月）

牛

とうとう師走。昨日は来年の干支の牛さんたちに久しぶりに会いました。近
隣市に用事の帰りに通りかかった時、少し時間があったため、牧場に寄るこ
とに。写真はこの牧場で作ったアイスクリーム。濃厚でありながら後味スッ
キリ、自然にミルクを生かしているフィーリングです。バックに写っている
のは牛舎。外でゆったり秋の日差しにくつろいでいる子たちもいれば、牛の
後ろ脚に起こる怪我（股開き）のため柔らかい土の上に隔離されて治療中の
子も。軽やかな響きが降ってきて、空を見上げると、高く鳥。JA72HU（本
田航空）が！

2020/12/01（火）

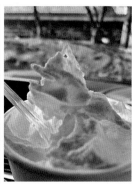

満月信号

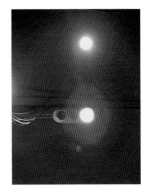

一昨日の満月です。信号とコラボすると途端に満月は表情をメカニックに合わせてきて、こちらを驚かせてくれます。同じ大きさのまん丸。残るは青のGO サインです！　　　　　　　　2020/12/02（水）

あとがき

　この『LIVE　MENU－DAYS』第2巻を皆様にお届けできますこと、大変嬉しく、感謝致しております。私のホームページ上に2007年から現在までほぼ毎日アップしている『DAYS』。私がささやかな日常で感じたことをありのまま書き始めて13年が経ちましたが、第1巻は2009年8月までのものから抜粋したものでした。今回、近年のものを中心に第2巻としてまとめることをお導きいただきましたほおずき書籍　木戸浩様、中村巧様には改めて心より感謝申し上げます。思いがけず再度この本を通して皆様とお会いできますことを私は大変幸せに思っております。長い時間が経ちましたが皆様はあれからいかがお過ごしでしたでしょうか？　私もあれからいろんなことがございました。ひたすらいい歌目指して日々自分なりに積み重ねていることは変わりません。そのなかで、のんびりしている私でも心身共に続けた方が良いこと、見直しが必要なこと等を自分なりのバランスで自然に意識できるようになったのは歳を重ねたこそだと感じています。

　第1巻では故郷長野や家族との日常に共感を持ってくださった方々からありがたいことにたくさんのご感想をいただきました。今回第2巻は予測不能だった、世界中誰もが未経験な事態に陥った新型コロナウイルス感染症の拡大時期も含まれております。皆が強く立ち上がる姿に学ぶことが多かったこと、忘れられない記憶となるでしょう。最近、私は負荷を上げた毎日の腹筋運動の恵みがその後何倍もの力となって返ってくることを体感するたび、亡くなられた方々を悼み、人類にとって大変な苦しみでありましたが、このコロナ禍で「人類力」は1つパワーアップしたと確信しています。未知のウイルスへの恐怖、自粛や予防のあり方などに不安や疲れが増大するなかで、人それぞれ違う状況下であっても皆に応援歌となる「自然の躍動の一瞬」をとりあげて書くこともこの半年自然と増えていました。外出自粛期間に身の周りの自然と語り合うことで自分自身と向き合うこともできました。

　これからも大切なことを見失わず自分らしく、小さくて大きな日々の積み

重ねを、心で心に寄り添いながら同じ時代を生きる皆様と共に歩んでまいりたいと思います。皆様の日々（DAYS）が喜びに溢れたものでありますように……。どうかお元気でお過ごしください。

東城弥恵

●著者略歴

東城弥恵　YAE TOJO

長野県生まれ。東京藝術大学卒業、同大学院博士課程修了。学術博士（音
楽）。二期会オペラスタジオ修了時、優秀賞受賞。1992年東京文化会館新
進音楽家オーディション合格。日伊声楽コンコルソ、他入賞。読売新聞社
賞、日伊音楽協会賞受賞。オーディションにより『チャルダッシュの女王』
の主役でデビュー（『音楽の友』年間コンサートベストテン選）。以後、『ト
スカ』『修道女アンジェリカ』『椿姫』『メリー・ウィドウ』『伯爵令嬢マリッ
ツァ』のタイトルロール、『魔笛』夜の女王、パミーナ、『フィデリオ』（さ
いたま芸術劇場オープニング）マルツェリーネ、『こうもり』ロザリンデ、
『ラ・ボエーム』ミミ、『カルメン』ミカエラ他出演。（公社）日本演奏連
盟創立50周年記念オペラ『黒塚』主演、吾妻徳穂監修『源氏物語』六条御
息所、日本オペラ協会創立60周年記念・なかにし礼作『静と義経』（北条）
政子、『八犬伝』伏姫、『ミスター・シンデレラ』赤毛の女等で日本オペラ
にも多数出演。「第九」「スターバト・マーテル」マーラー交響曲等のソリ
スト、2018都民芸術フェスティバル「日本の歌」等リサイタル、各種コン
サート、講演会、日本女子大学他での後進指導等で幅広く活躍。日本演奏
連盟会員。三輝会会員。日本声楽アカデミー会員。日伊音楽協会会員。日
本オペラ協会会員。二期会会員。埼玉県富士見市在住。

LIVE MENU – DAYS 2

2021年1月18日　第1刷発行

著　者　東城弥恵
発行者　木戸ひろし

発行元　ほおずき書籍株式会社
〒381-0012 長野市柳原2133-5
TEL(026) 244-0235(代)
FAX(026) 244-0210
URL http://www.hoozuki.co.jp/

発売元　株式会社 星雲社 (共同出版社・流通責任出版社)
〒112-0005 東京都文京区水道1-3-30
TEL(03) 3868-3275

ISBN978-4-434-28469-4